KARL HEINRICH WAGGERL

GELIEBTES LAND

KARL HEINRICH WAGGERL

GELIEBTES LAND

Salzburger Erzählungen

Mit Aquarellen des Autors

OTTO MÜLLER VERLAG SALZBURG

ISBN 3-7013-1097-1

Satz: Media Design: Rizner.at, Salzburg
Umschlag: Aquarell von Karl Heinrich Waggerl
Druck und Bindung: Druckerei Theiss GmbH, A-9431 St. Stefan

INHALT

H Waggerl

KLANG EINER STADT

Man sollte einen Salzburger nicht über Salzburg reden lassen, denn es ist immer ein wenig ermüdend, einem Verliebten zuzuhören, wenn er von seiner Angebeteten schwärmt.

Weil aber mein eigentliches Talent ohnehin darin liegt, regelmäßig das Thema zu verfehlen, möchte ich trotzdem getrost versuchen, etwas über diese Stadt zu sagen, über ihr Wesen, ihr Gesicht. Ich kann freilich nicht mit der Gelehrsamkeit des Historikers aufwarten, oder des Kunstverständigen, ich will nur hören lassen, was mein eigenes Herz bewegt, und auch ein weniges von dem, was mir sonst durch den Kopf geht.

Wer dächte nicht gleich an Salzburg, wenn er heiter musizieren hört, und wer könnte Salzburg sehen, ohne Musik im Ohr zu haben! Salzburg, das ist für mich *der* Platz der Welt, wo man so leben kann, wie man leben würde, wenn man so leben könnte. Ein wenig habe ich mich ja auch umgesehen, es gibt tatsächlich Städte, die prächtiger sind, bedeutender als unsere, aber in meinem Herzen galt für Salzburg immer das „urbs" der Alten, für mich ist sie die Stadt schlechthin. *Wo* zum Beispiel findet man eine, die sich am schönsten zeigt, wenn sie leer ist? Ich habe das entdeckt, weil ich manchmal im Morgengrauen noch auf dem Heimweg bin, aus Gründen, die nicht hierher gehören. Ich gehe dann durch die alten Gassen, allein, und mein schlechtes Gewissen läuft hinter mir her mit hallenden Schritten. Eine beschwingte Wehmut erfüllt mich, und ich trachte abgründigen Gedanken nach, daß das Leben so kurz ist und daß alles viel einfacher wäre, wenn nur die Schlechten schlecht sein könnten.

Ab und zu begegnet mir jemand, ein müdes Gespenst, ein Hund vielleicht, einsam und herrenlos wie ich, auch er hat seine Nase in ein auswegloses Problem gesteckt. Anderswo steht ein Motorrad, dem ein Mensch mit kalter Wut solange in die Weichen tritt, bis es endlich verzweifelt aufbrüllt – sind es etwa die Maschinen, die dereinst mit ihrem Klageschrei gegen uns zeugen werden, an Stelle der längst verstummten Kreatur? Welch ein Wunder, daß die Stille noch einmal wiederkehrt, nachdem das Rädertier kopflos davongestoben ist. Im Weitergehen gerate ich auf den Platz, wo der große Brunnen rauscht und wo hinter hohen Fenstern die Regierung wohnt. Ich ziehe den Hut vor der Obrigkeit, es rührt mich so sehr, und es beruhigt mich auch, daß sie schläft. Und inzwischen geschieht das, wovon ich eigentlich reden wollte, die Stadt erwacht – nicht die Leute, sie selbst. Ich schaue um mich, es ist hell geworden, oben am blassen Himmel flüchten Nebel in das Gebirge zurück und ein unerklärliches Licht strömt herein. Das Graue des Gemäuers, das Kalkige der Wände gewinnt Farbe, Haut und Fleisch, mit dem Blau der Luft vermischt wechselt es in etwas Rötliches, Durchblutetes hinüber. Man wird freilich sagen, das alles habe doch nichts mit Salzburg zu tun, nichts mit dem Wesen seiner berühmten Architekturen, solch ein zufälliges Spiel mit Schein und Schatten, mit Flächen und Konturen, aber es liegt vielleicht nur daran, daß ich mich zu unbeholfen ausdrücke, ich sollte einen Dichter zu Wort kommen lassen.

„Knaben spielen wirr von Träumen" – im Bubenalter konnte ich nie durch die Dombögen laufen, ohne hinter einem Pfeiler nach den vier Heiligen zu spähen, ob sie nicht doch einmal bei guter Gelegenheit heruntersteigen und ihr Gespräch fortsetzen durften. Ich hatte sie nämlich ihrer seltsamen Gesten wegen im Verdacht, sie seien vielleicht mitten in einer nicht ganz passenden Unterhaltung überrascht und zur Strafe auf ihre Postamente gebannt worden. Damals standen sie ja noch nicht so im Gedränge wie heutzutage, es wuchs so viel Gras auf dem Platz und die Mauern entlang, daß eine Kuh sich hätte davon nähren können.

Aber durch das Tor zu treten, das ist immer noch das gleiche beklemmende Wagnis, es macht nichts aus in dem ungeheuren Gewölbe, daß ich inzwischen doch ein wenig gewachsen bin. Dieses Haus wurde ja auch nicht für geringe Leute gebaut, sondern um große Herren klein zu machen. Hier thront Gott kühl und fern, nur die Stimme des Priesters erreicht sein Ohr und jene der Musik, die wohl seiner eigenen verwandt sein mag.

Aber ich muß es wieder sagen, mir ist die hallende Größe des Domes nie ein rechter Trost gewesen, ich war da immer nur ein scheuer Gast. Und wenn nichts anderes mehr helfen wollte, trug ich meine Nöte lieber dorthin, wo die geduldigen Heiligen wohnen, der eine vor

allem, dem ich schon unzählige Kerzen schulde, und der doch nie nachzählt, sooft ich ihm eine neue verspreche.
Kann wirklich ein einfacher Mensch den Chor der Franziskanerkirche gebaut haben, ein Mann namens Stethaimer, ein Ingenieur nicht einmal? Kam er tatsächlich aus Burghausen hereingeritten, kraulte sich den Bart und fing an, ein Gerüst aufzuschlagen und dieses Wunderwerk emporwachsen zu lassen, mit nichts als seinem Winkelmaß und Lot, mit Hebel und Rolle, diesen Lobgesang aus schwerelosem Stein und Licht? Aus der Düsternis des Schiffes kommend, hat man einen lichten Wald vor Augen, man meint wahrhaftig, die Stämme ein wenig schwanken zu sehen, als rauschte oben ein sanfter Wind durch die Kronen, und nachher kann man es kaum glauben, daß es nur fünf schmucklose Säulen sind, die das entrückte Gewölbe mit unbegreiflicher Leichtigkeit schwebend halten. Nun erst gewahrt man auch, welches Kleinod dieser Hain zu hüten hat – die Pacher-Madonna. Eine von den Mägden seiner Heimat mag wohl vor dem Meister gesessen haben, ein bißchen verschämt und mit niedergeschlagenen Augen, während er das holde Bild aus dem Holz grub, und nun thront sie, zur Magd des Herrn verklärt, auf goldener Wolke, von Engeln umspielt.
Aber Salzburg ist auch sonst nicht arm an Gelegenheiten, ein bedrücktes Gemüt wieder aufzurichten. Da wäre St. Peter in der Nähe, weithin berühmt bei Gelehrten und Ungelehrten, als eine Stätte ehrwürdiger Kunst und

wegen seines Weinkellers. Früher hatte man zuweilen die schöne Laune, Kirchen und Schenken nebeneinander zu stellen, damit der Wandersmann, wenn er Einkehr hält, sich aus freien Stücken entscheiden kann, welchen Weg er zunächst gehen will, den einen, der in den Friedhof führt und von dort weg in den Himmel, wenn Gott will, oder den anderen, der viel verlockender zwischen Weinfässern beginnt, aber nicht selten in der Hölle enden soll, wenn es wahr ist. In St. Peter kann man sich jedenfalls getrost niederlassen, an einem groben Tisch unter den Felsen des Mönchsberges. Lärmen und Hausieren ist verboten, natürlich, wer dächte auch daran, hier den friedlichen Nachbarn mit dem eigenen Kram zu belästigen, statt in sich gekehrt zu sitzen und die Dinge durch ein würdiges Glas Wein zu betrachten. Es ist schon viel, wenn sich einmal ein paar Leute zusammenstellen, wie man es draußen auf dem Lande noch tut, um ein Lied anzustimmen.

Oder es kehren etliche Musikanten ein, auch keine solchen, die da meinen, sie müßten sich bitten lassen, vielleicht kommen sie von einer Taufe oder von einem Begräbnis, einerlei, Musik ist immer gut.

Ich kann es nicht leugnen, mir gefällt das. Ich weiß, man darf dergleichen nicht eingestehen, ohne sich um den letzten Kredit zu bringen. Aber schließlich geht es einem doch nahe, wenn man ein Leben lang Augen und Ohren recht zu gebrauchen meinte und sich am Ende sagen lassen muß, man sei die ganze Zeit her in Wahrheit blind und taub gewesen.

Traurige Erfahrungen sind das, mit solchen Gedanken geht man besser nebenan auf den Friedhof, denn dort, sagt der Dichter, hat die Trauer kein Leid.
Seltsam, dieser abgeschiedene Winkel, den man nicht durchstreifen kann, ohne heimlich nach einem Rasenfleck für sich selber auszuschauen, dieser stille Garten der Toten war einst die Wiege der neugeborenen Stadt. Als der heilige Rupert, ein fränkischer Fürstensohn, vor zwölfhundert Jahren aus der Ebene hereingeritten kam, fand er nur Trümmer, wie der Chronist sagt, und einen Wald, der dort wuchs. Aber unverzagt fing er zu roden und zu bauen an, eine Kapelle zuerst, ein Mönchsgehäuse. Damals war die Welt noch geräumiger, und wenn irgendwo ein Heiliger den Mut hatte, eine Kirche in die Wildnis zu stellen, dann brauchte der König nicht zu sparen, er schenkte ihm ein Fürstentum dazu, freilich nur von Bären und Wölfen bevölkert. Als Rupert starb, wölbte sich schon die Kuppel von St. Peter über seinem Grab. Virgil folgte ihm nach, Arno, der Freund des Kaisers, mit ihm stieg nun auch der Stern weltlicher Macht glänzend empor. Die Fürsten dieser frühen Zeit wußten noch, daß Herrschen auf geheimnisvolle Weise mit Schuld verknüpft ist, die späteren wußten es nicht mehr. Gilbert war es, der im blutigen Streit zwischen Papst und Kaiser das Kreuz in seiner Hand zum Schwert verkehrte, er setzte die erste feste Burg auf den Felsen über der Stadt, als ein sicheres Schloß an der breiten Tür vor den Bergen. In diesen rauhen Zeiten zwängten sich die Bürger scheu in die ängstliche Enge zwischen Mauer und Berg, nur die

Herren wagten den Blick ins offene Land hinaus. Sie ließen das Hergebrachte unbekümmert im Brandgewölk des Krieges untergehen, aber was sie selber schufen, war größer im Maß, mit einer bohrenden Inbrunst gestaltet. Einer von ihnen, Leonhard, gab der Festung ihre bleibende Gestalt, überall in den prunkvollen Stuben findet man sein bäurisches Wappen mit der Rübe, als hätte er im rastlosen Umherwandern das Siegel an seiner Faust in die Wände gedrückt. Er mag es spaßig gefunden haben, das Hornwerk seines „Salzburger Stieres“ über die Dächer brüllen zu lassen, damit die aufsässigen Bürger wußten, daß der Herr noch über ihnen saß.

Eine andere, erregende Luft begann von Süden her zu wehen. Das Schicksal der Stadt geriet in die Hand eines kraftvollen, weltkundigen Mannes. Dieser Wolf Dietrich war kein Patriarch aus der Väterzeit, er regierte mit der gewaltsamen Lebensfreude des Südländers. Was das Volk liebte, die Enge und Geborgenheit, das haßte und verachtete der Fürst. Besessen, hemmungslos planend, riß er die Häuser der Bürger nieder, verschwendete den kostbaren umfriedeten Raum in weiten Plätzen, in einer Flucht riesiger Säle, und überließ es eben noch dem lieben Gott, seinen bescheidenen Himmel als Dach darüber zu wölben. Nun, die Flüche und Seufzer der Bürger hören wir nicht mehr. Aber wie arm wäre die Welt, hätte die Armut nie zu leiden gehabt! Und so bedauern wir eher, daß sich für diesen rätselvollen Mann der Lebensabend so traurig verdüsterte, durch schmachvolle Flucht und Gefangenschaft und einen einsamen Tod.

Seinem Neffen Markus Sittikus lagen die großen Würfe weniger, dafür war er ein guter Rechner. Auch er verstand zu leben, aber nicht mit der ritterlichen Männlichkeit seines Oheims, der vor aller Welt mit Frau und Kindern auf Schloß Mirabell Hof zu halten wagte, sondern als ein vorsichtiger Kavalier. Schäfer und Schäferin trafen sich nur noch in den verschwiegenen Gärten von Hellbrunn, bei Tanz und heiterem Spiel.

Allmählich festigte sich das Bild der Stadt, wie aus höherer Absicht zur Vollendung gerundet, obwohl doch die Jahrhunderte herauf so viel selbstherrliche Willkür daran baute. Aber „Ehr und Pracht hat kein Macht, und der Welt Ruhm ist ein Wiesenblum". Auch der Glanz fürstlicher Herrschaft verblich und neue Kräfte wirkten im Getriebe der Zeit. Als Franz Schubert in Begleitung seines Freundes Vogel vor mehr als 120 Jahren die Stadt besuchte, schrieb er einen seltsamen Bericht an den Bruder nach Wien:

„Nachdem wir den andern Morgen den Mönchsberg bestiegen, von welchem man einen großen Teil der Stadt übersieht, mußte ich erstaunen über die Menge herrlicher Gebäude, Paläste und Kirchen. Doch gibt es wenig Einwohner hier, viele Gebäude stehen leer … Auf den Plätzen, deren es viele und schöne gibt, wächst zwischen den Pflastersteinen Gras, so wenig werden sie betreten. Nachher besuchten wir das Kloster St. Peter, wo Michael Haydn residiert hat. Hier befindet sich, wie du weißt, sein Monument, es ist recht hübsch, aber es steht auf keinem guten Platz, sondern in einem abgelegenen

Winkel. In der Urne befindet sich sein Haupt. Es wehe auf mich, dachte ich mir, dein ruhiger, klarer Geist…“ Das war Salzburg noch um die Jahrhundertwende: ein schläfriges Städtchen mitten im Bauernland. An Sonntagen konnte man lange auf den Plätzen stehen, ohne eine Menschenseele unterwegs zu finden. Nein, im Rat der Völker galt die einst so hoch angesehene Residenz nichts mehr. Aber allmählich wurde eine andere Stimme laut, eine trostvolle, versöhnliche Stimme, und sie wird nie mehr verstummen.

Kritiker und Biographen sind mit den schwerhörigen Zeitgenossen Mozarts scharf ins Gericht gegangen, auch mit den Salzburgern, als sie sich, spät und zögernd, anschickten, das Erbe des größten Sohnes ihrer Stadt vor der Welt auszubreiten. Karl Kraus lobte uns, weil wir den Festspielbesuchern so eifrig bei ihrer religiösen Läuterung behilflich sind, damit „Ehre sei Gott in der Höhe der Preise“, und Polgar meint nicht weniger bissig, Salzburg sei zwar geographisch die Geburtsstadt Mozarts, aber er habe sie leidenschaftlich gehaßt und sein Lebtag nichts mehr gefürchtet als eine Nötigung, in ihr verweilen zu müssen. Erst aus dem Sarge heraus habe ihn die Wiege reklamiert und allein schon die Erfindung der Mozartkugeln sicherten der Stadt unendlichen Zinsengenuß von des Sohnes Unsterblichkeit.

Nun, das ist bitteres Konfekt, schwer zu schlucken. Aber es ist eben immer leichter, für ein Genie zu fechten, wenn es tot ist, als es bei Lebzeiten zu erkennen, und hätte der boshafte Kritiker von heute mit dem starrsinnigen Fürsten von damals die Rolle tauschen können, ich weiß nicht, ob der Prozeß in Sachen Mozart um sehr vieles würdiger verlaufen wäre.

Wir Salzburger sind immer dafür gewesen, daß man Festspiele veranstalte, natürlich, sonst hätten wir ja nicht dagegen sein können. Das waren erregende Zeiten, die Jahre nach dem ersten Krieg, glanzvolle Wochen, als zum ersten Male die Bühne für das Spiel vom Sterben des reichen Mannes am Domplatz aufgeschlagen wurde.

Welch ein kühnes, unerhörtes Unterfangen, die Stadt selbst zur Szene zu machen! Noch habe ich den Celloklang der Stimme Moissis im Ohr, sein „Mann, da gehst du in der Irr…", oder den beklemmenden Anruf des massigen Todes, wie ihn Werner Kraus über den Platz hallen ließ, die Stille zersplitternd. Nichts, was der hungrigen Leidenschaft unserer Gemüter zu groß, zu entlegen, zu gewagt erschienen wäre. Kafka wurde entdeckt und Trakl, Faistauer lebte noch und war mit uns jung, der bäuerliche Aristokrat, über allem aber stand das Theater, Hofmannsthal und Reinhardt. Es fehlte nicht viel, und ich hätte damals die kußfaule Muse der Dichtkunst für immer entlassen, um Schauspieler zu werden.

Als das Große Welttheater in der Kollegienkirche inszeniert wurde, kam ein Hilfsregisseur auf den abwegigen Einfall, mich mageren und häßlichen Burschen zusammen mit meinem fülligeren Freund als Bischof auf die Bühne zu schicken. Einmal stellten wir beide uns in stummer Pose wie barocke Figuren auf einen abgeräumten Seitenaltar, um Reinhardt auf diese Weise herbeizu-

locken. Der Zufall führte ihn auch wirklich des Weges, er stutzte ein wenig, und lief kopfschüttelnd weiter, und der Augenblick unserer entscheidenden Berufung war vorübergehuscht. Ein andermal traf ich Moissi unter dem Gerüst der Bühne, während er, gleich mir, auf sein Stichwort wartete. Es verschlug mir den Atem, als er plötzlich zu mir trat, abwesenden Auges, aber er sagte nichts, er zupfte nur einen Strohhalm von meinem Ornat, und den nahm er dann gleich mit auf die Bühne, um daran zu kauen, die Kritik hat es als einen besonders geistvollen Einfall beifällig bemerkt.
Was verschlug es, daß wir keinen Platz an der Tafel der Großen fanden und nur Zaungäste waren bei den rauschenden Festen und Empfängen, die der Magier auf seinem Schloß in Leopoldskron veranstaltete. Wir erlebten noch genug am Rande, mit Pallenberg zum Beispiel, der manchmal ein Glas Bier im Sterngarten mit uns trank und es auch bezahlte, derselbe Mann, der uns nachher liebenswürdig und hinterhältig von der Bühne herab begrüßte: „Freunde! Mitbürger! Salzbürger!" – Pallenberg saß gern unter dem Volk, nicht zu ihm gehörend, aber mit dem Ohr an seinem Herzen, darum konnte er sonderbare Geschichten erzählen, nur so nebenbei, mit einem Unterton ehrlicher Erstauntheit, als verstünde er die Sache selber nicht ganz.
Da hätten zwei Züge auf dem Bahnhof gestanden, sagte er, die beide ins Gebirge fuhren, und er habe den Mann mit der Mütze gefragt, welcher von beiden wohl an einer bestimmten Station stehen bliebe. Der Mann sei gleich

sehr interessiert an der Sache gewesen. „Der hier“, habe er schließlich entschieden, „der hier sicher nicht. Der schon eher!“

In diesen Wochen wurde die Geliebte zur großen Weltstadt, mehr noch, zur Stadt der großen Welt. Die Wogen des Verkehrs brandeten über die Brücke und man stolperte selber mit, an Leib und Seele gefährdet, weil man nicht grün oder rot, sondern lauter schöne Frauen sah, die in Schwärmen wie das attische Geflügel in die Stadt gefallen waren. Aber der Wachmann ordnete ja alles mit seiner souveränen Ruhe, und wenn einmal eine alte Frau mit ihrer Tasche voll Gemüse unter seiner Kanzel hilflos strandete, dann stieg er herab und brachte sie geduldig wieder in Fahrt: „Schauns, Frau Mutter, gehns nur schön weiter, sonst wachst Ihnen noch der Salat aus!“

Es wimmelte von Prominenz in den Gassen und Kaffeehäusern, aber man mußte schon eine Supernova am Himmel der Berühmtheit sein, um hier noch aufzufallen. Die ganz Kostbaren wohnten natürlich außerhalb der Stadt – und wenn man Glück hatte, konnte man mitunter billig etwas Teures zu hören bekommen.

Gelegentlich sticht einen auch jetzt noch der Hafer der Eitelkeit, man gibt sich also ein bedeutendes Ansehen und schlendert ein wenig durch das Café Bazar, als wollte man nur eben einem zugereisten Geistesfürsten Guten Morgen wünschen. Und wahrhaftig, da hört man es auch schon hinter sich flüstern:

„Du, schau – das ist der Waggerl!“

„Der? – Oje, jetzt fallt mir alles runter!“

Nun, es ist besser und gewissermaßen auch vornehmer, sich im Hintergrund zu halten. Man kann ja immer noch auf den Mönchsberg steigen oder sonst irgendwo in Frieden sitzen und über die Stadt hinschauen, die mondbeglänzte.
Es müßte eigentlich auch nicht sein, daß man neben sich eine sonderbare Frage hört:
„Sou! Is that the same moon, we have back in the states?"
Tatsächlich, es ist derselbe Mond, drüben und bei uns. Der sparsame Himmel hat nur diesen einen für Arme und Reiche, für Gerechte und Ungerechte. Einmal war unser Vaterland so groß, daß die Sonne darin nicht unterging. Jetzt hat sie kaum noch die Möglichkeit, aufzugehen. Aber was macht es aus? Ist Größe etwa eine Frage der Dimension?

AUS DER HEIMAT

Ich möchte gern ein wenig von dem Land erzählen, in dem ich daheim bin, von meinen Landsleuten also und von ihrer Lebensart. Etliches aus dem nächsten Umkreis meines Daseins, anderes aus einer sehr fernen Zeit, Bilder, die mir selber schon fremd sind und doch auch wieder beglückend vertraut. Denn ich lebe gewissermaßen ein zweites Mal, ich war ein Kind, dann starb ich im Kriege und fing als ein völlig anderer Mensch ein neues Leben an. Es mag denn vieles weit hergeholt scheinen und absonderlich klingen oder gar nicht zur Sache gehörend, aber das ist vielleicht kein Schaden. Denn jedes Bild rundet sich vom Rande her.

Mit meiner Mutter fange ich an. Sie war Näherin, in ihren besten Jahren die einzige im ganzen Tal, die sich noch darauf verstand, einen Miederleib richtig zu nähen und alles, was zur alten Tracht gehörte. Diesem Umstand verdanke ich selber einige Kenntnisse in der Schneiderkunst. Und soviel ich davon auch wieder vergessen habe, kann ich mir doch heute zuweilen noch den Spaß erlauben, die Weibsleute bei ihren Einkäufen auf dem Jahrmarkt zu beraten, was die Güte des Tuches betrifft oder die Machart eines Unterrockes.

Die Mutter konnte freilich nichts in Musterbüchern nachschlagen und auf dem Zeichenbrett entwerfen, sie mußte sich's in ihrem Kopf ausdenken. Und wenn sie auch mich mageren Däumling manchmal auf den Tisch setzte, um einen Halskragen oder eine Busenschleife an mir zurechtzustecken, so hatte sie doch keine richtige Hilfe daran, meine äußere Erscheinung war schon damals nicht das Beste an mir. Der Vater ließ sich noch weniger gebrauchen, denn in diesem ruhig-ernsten Mann steckte ein heimlicher Drang zu kindischen Späßen. Wenn er abends einmal in die Schürze der Nachbarin schlüpfen sollte, gleich war er die dicke Nachbarin selber und blähte sich auf und das brachte die Mutter zur Raserei. Denn im Grunde haßte sie die Arbeit am Nähtisch. Manchmal geschah es, daß sie plötzlich alles hinwarf und einfach fortlief, irgendwo hinauf in die Berge oder auf eine Alm, die Bauerntochter. Dann saß der Vater einen Abend lang mit mir allein bei schmaler Kost zu Hause, wir wußten schon Bescheid. Am andern Tag kam die Mutter zurück, schweigsam und ein bißchen beschämt nahm sie ihr Tagewerk wieder auf. Wohlverstanden: eine Schwierigkeit anzupacken, einem Einfall nachzutrachten, dem konnte sie nie widerstehen. Aber daß es dann so lange währte, Stich um Stich, den ganzen Tag in der engen Stube, das ging ihr gegen die Natur, gegen ihren unbändigen Trieb nach Freiheit und Bewegung. Etwas erfinden und etwas machen ist eben zweierlei, und vielleicht will die ganze Welt nur deshalb nicht recht ins Lot kommen, weil den lieben Gott selber die Arbeit daran schon längst verdrießt.

Jedenfalls, sogar der Pfarrer hätte einen Talar für die Feiertage bei der Mutter bestellen können, er wäre nicht schlechter bedient worden als etwa sein Mesner.

Damals trug das Bauernvolk noch gern die alte Tracht, ein anderes Festgewand kannte man gar nicht. Heute ist es auch in den entlegensten Tälern nicht mehr so. Ich denke oft darüber nach, was die Leute wohl bewog, ein Besitztum preiszugeben, das so viele Geschlechter vorher einander treu überliefert hatten. Sie sind doch auch sonst nicht anders geworden, nicht beweglicher und aufgeschlossener dem Neuen gegenüber. Ein Vorteil beim Düngen, ein besseres Gerät, auch jetzt noch braucht es viele Jahre, bis endlich einer von den harten Köpfen seinen Argwohn überwindet.
Und es ist gut so, denn wäre es anders, so gäbe es wahrscheinlich längst keine Bauern mehr, wenigstens keine Bergbauern. Der Bauer hierzulande kann nicht heute so und morgen anders denken oder arbeiten oder wirtschaften. Sein Tagwerk erhält den Antrieb gleichsam aus derselben Kraftquelle, die das Ganze der Natur bewegt. Darum läuft es auch im gleichen Zeitmaß ab, mit der gleichen unveränderlichen Stetigkeit.
Der Bauer sät sein Korn in den Acker, aber dann ist es seiner Pfiffigkeit entzogen, er kann es nicht wachsen lassen, wie er will. Sonne und Regen wirken darauf ein und auch sonst alle geheimen Mächte, die das Lebendige beherrschen, Schicksal. Es kann im Juli schon schwer vom Halm hängen, der Hagel kann es in die Erde schlagen, da helfen keine Kniffe.
Vielleicht habe ich unrecht mit meinen rückständigen Ansichten. Aber wenn ich einen Bauern plötzlich mit einer neuartigen Maschine fuhrwerken sehe, dann muß

ich manchmal an die Gebetsmühlen denken, die ein schlauer Mensch in Tibet erfunden hat. Es ist dem Bauern gewiß zu gönnen, daß die Maschine für ihn pflügt, wie den Mönchen, daß sie nicht mehr selber beten müssen. Aber wie, wenn es insgeheim gerade darauf ankäme?

Zäune flicken ist zum Beispiel nicht angenehmer als Heuwenden, warum, zum Teufel, gibt es keine Zaunflickmaschinen? Am Ende trachtet der Bauer gar nicht mehr dem Segen der Arbeit nach, wie er ihn verdiene, sondern der Arbeit selber, wie er sie loswürde.

Ich meine ja nicht, daß der Bauer die ganze Last seines Tagwerkes unbedingt auf dem eigenen Buckel tragen müsse. Es ist schon recht, wenn sich die gescheiten Leute in der Stadt auch für ihn die Köpfe zerbrechen. Aber die fremde Hilfe wird ihm zum Verderben, sobald sie die natürliche und notwendige Ordnung seines Lebens zerstört. Es kann doch auch nicht irgendwer gelaufen kommen und auf einem Bauernhof zu leben anfangen. Der Hof in der Einöde hat sich in langer Zeit selber die Menschen geformt, die er braucht.

Arbeit tut ja nicht weh. So ist es doch nicht, daß jemals ein gesunder Mensch an seiner redlichen Arbeit zugrunde ginge. Aber Hunger tut weh, an der Unzufriedenheit geht er zugrunde. Wenn man ihm einredet, daß nur ein bequemes Leben schön und lebenswert sei, dann darf sich niemand wundern, daß er die Schinderei satt bekommt und davonläuft.

Ich verstand in der Kinderzeit gar nicht, warum sich die Mutter so erzürnte, als die Bäuerinnen allmählich anfingen, städtische Jacken zur Seidenschürze und zum Trachtenhut zu tragen. Es dauerte lange, bis sie sich endlich des Verdienstes wegen damit abfand, den Leuten ihren Willen zu tun. Und später, als es längst keinen Miederrock mehr zu nähen gab, übte sie ihre Kunst noch für sich allein und kleidete Puppen an, richtig mit dem steifen Unterzeug und dem Fransentuch und bis ins Kleinste getreu.

Mir freilich lag nichts an diesem Puppenkram. Die Mutter beklagte es oft, daß ich ihr gewissermaßen von Anfang an mißraten war, weil sie seinerzeit eigentlich vorhatte, ein Mädchen zur Welt zu bringen, etwas Sanfteres, das nicht so schnell in seine wilde Zeit hineinwüchse. Aber ich geriet leider in jeder Hinsicht dem Vater nach und, was am ärgerlichsten war, er half mir auch noch heimlich bei meinen Streichen. Kaum drehte die Mutter einmal den Rücken, gleich saß ich an der Nähmaschine und quälte das klapprige Wesen mit meinen waghalsigen Einfällen. Sie mußte eine Seilbahn antreiben, einen Aufzug, mit dem man nützliche Dinge, Kieselsteine und Fichtenzapfen vom Anger herauf bis in unsere Dachstube befördern konnte. Und wer hatte die Schnur dazu gestiftet, das Gestell gebaut, die Rollen abgedreht? Der Vater nahm es schweigend auf sich, wenn die Mutter klagte, sie wisse wirklich nicht, wofür sie Gott außer mit einem närrischen Mann auch noch mit einem verrückten Kind gestraft habe. Hinterher sagte er uns beiden zum

Trost, daß erfinderische Köpfe anfangs immer verkannt würden.
Die Maschine nähte allerdings nicht mehr und wir wurden so lange auf Wasser und Brot gesetzt, bis sie wieder zu brauchen war. Der Vater überließ es mir, Rat zu schaffen, und ich machte mich unverzagt auf gutes Glück an die Arbeit. Manchmal genügte es, die Maschine bloß ein bißchen zu schütteln, ein anderes Mal mußte man ihr den ganzen Bauch ausräumen und dann blieb einem gewöhnlich ein Bolzen übrig oder eine Feder, die nirgends mehr hineinpaßte. Aber darauf kam es dem launischen Geschöpf auch gar nicht an. Plötzlich lief es eben doch wieder und kaute willig an seinem Faden.
Zu uns in die Werkstatt kamen zumeist nur die geringeren Leute, die Mägde oder die heimlichen Kunden, ihre Liebhaber. War irgendwo bei einem reichen Bauern eine Hochzeit im Gange, so wurde die Mutter auf Stör ins Haus genommen, damit sie die Ausstattung nähte, vor allem die Tracht der Braut. Denn bei dieser Arbeit war viel Geheimnisvolles zu beachten, wenn es der jungen Frau nicht später zum Unheil werden sollte.
Freilich bleibt immer noch zu erklären, warum sich hie und da die bäurische Tracht in Einzelheiten plötzlich änderte, obwohl sie doch sonst unbeirrbar einer sehr langsamen Entwicklung folgte. Erfahrene Leute, die ich deswegen um Rat fragte, gaben sich Mühe, mir das Rätsel zu erklären. Jemand meinte sogar, dieses Phänomen sei vielleicht den Mutationen vergleichbar, sprunghaften Veränderungen, mit deren Hilfe die Natur auch sonst

gern die Gelehrten ärgert. Aber mir ist das zu schwierig. Da will ich doch lieber glauben, daß die Sache mit dem Teufel zusammenhängt. Überall, wo Menschen miteinander leben und wo sie in ihrem Schicksal etwas Gemeinsames, Verbindendes fühlen, kann sich auch eine Tracht entwickeln. Denn es liegt wohl das Bedürfnis tief im Wesen des Menschen, sinnfällig auszudrücken, daß er in eine Gemeinschaft gehört. Einmal kam die einigende Kraft etwa aus der Arbeit und so mochten die Berufstrachten entstanden sein, die Trachten der Zünfte in den Städten, oder auch die Uniform einer Dorfmusik, eines Schützenvereines, weil es eben wohltut und einen Menschen ansehnlicher macht, wenn er zeigen kann, daß er Freuden und Sorgen mit Gleichgesinnten teilt. Selbst die Kutten der Mönche und die Hauben der Nonnen sind eigentlich nur Zeichen dafür, daß diese Leute übereingekommen sind, dem lieben Gott auf eine seltsame Weise beschwerlich zu sein.

Man hört neuerdings viel von Versuchen, die alte Tracht wieder zu pflegen oder gar zu erneuern. Dawider mag ich nur ungern etwas einwenden, im Gegenteil, ich bemühe mich auf meine Weise ja auch darum. Aber ich muß mir eingestehen, daß ich zuweilen Gründe und Folgen verwechsele. Früher dachte ich etwa, es müsse doch ein Antrieb für die Bäuerinnen sein, sich wieder in der hergebrachten Art zu kleiden, wenn sie sähen, daß auch die Frau des Doktors oder des Lehrers es nicht verschmähte, die gleiche Tracht zu tragen. Aber das war ein Irrtum. Der Landmensch empfindet doch manchmal feiner, als wir es ihm zutrauen. Man sage was immer, die Frau des Doktors hat gar kein inneres Recht, sich wie eine Bäuerin anzuziehen. Noch in meiner Jugend wäre das ganz unschicklich gewesen. Heute freilich macht ihr niemand mehr dieses Vergnügen streitig. Man muß ja auch zugeben, daß die gnädige Frau im Miederrock weitaus hübscher aussieht als die Bauerndirn, die nun auch etwas Besonderes tun will und ihrerseits nach der Mode geht. Am Ende aber läuft das ganze Weibervolk im Dorf in einer wunderlichen Verkleidung herum, man weiß gar nicht mehr immer, muß man einer nun die Hand küssen oder braucht man bloß den Hut zu rücken.

Das konnte der rechte Weg nicht sein. Was tut der Deutsche, überlegte ich mir, wenn er etwas pflegen und hochhalten will? Er gründet einen Verein. Also gründeten wir auch eine Trachtengesellschaft. Anfangs war es uns langweilig, immer bloß schön angetan um einen Tisch zu sitzen, lauter junge fröhliche Leute. Auch die Schützen hockten ja nicht nur wegen ihrer Uniform im Wirtshaus, sondern sie hatten ein Vereinsziel, das ihnen der Obmann jährlich einmal in einer großartigen Rede vor Augen hielt. Also pflegten wir neben der Tracht noch die Geselligkeit, Gesang und Tanz, und das ließ sich schon besser an. Unser Verein hieß „Edelweiß“, nicht etwa, weil diese kostbare Blume auch Gefahr lief, ihre alte Tracht zu vergessen, sondern weil wir damit ausdrücken wollten, wie hoch unsere Ideale einzuschätzen waren.

Allmählich wuchs unser Ansehen in der Gemeinde, wir galten bei Festen und Umzügen nicht weniger als die

Schützen oder die Veteranen. Aber meine Erwartung, es würden allmählich auch andere wieder daran Gefallen finden, selber die Tracht zu tragen, diese heimliche Hoffnung erfüllte sich nicht.

Das sei schon recht, sagten die Leute, und dazu hätte man ja diesen Verein, daß er das Alte in Ehren hielte.

Und nun denke ich von neuem darüber nach, was ich wohl anstellen muß, um dieses störrische Volk doch noch auf meinen Leim zu locken. Ja, wenn ich jemand fände, der so viel Bier und Süßwein bezahlen kann, daß es für ein ganzes Dorf reichte! Vielleicht hätte ich dann bald alle in meinem Verein und das Übel wäre behoben.

Aber vielleicht brauchte ich gar nicht so ängstlich zu sein, nur ein wenig geduldiger und einsichtiger. Wer weiß, wohin es führte, wenn alles in der Welt nach unserem Verstand abliefe? Wie oft trauern wir etwas Verlorenem nach oder meinen es wiedergewinnen zu müssen, und übersehen dabei, wieviel Neues uns indessen zugewachsen ist. Ein wenig gleiche ich mit meinen Bemühungen einem alten Major, der einmal in meiner Nachbarschaft wohnte, und der, weil sein Apfelbaum im Garten nicht mehr tragen wollte, jeden Herbst ein Schock guter Äpfel an die Zweige knüpfte, aus Zorn oder aus Kummer, ich weiß es nicht. Dem sagte ich auch, er täte besser, den Baum richtig zu pflegen und zu wässern, dann besänne er sich wohl von selber wieder und trüge sich, wie es ihm von Natur anstand. Aber das half nichts, der Mann war närrisch.

Wenn man lang auf dem Lande lebt, lernt man allmählich mit anderen Maßen zu messen, als es der wendigere Mensch in den Städten tut. Man kennt die Stunde der schwarzen Zweifel und der Versuchungen auch, gewiß, aber im Ganzen sieht man Welt und Leben doch gelassener an, zuversichtlicher. Manchmal besuchte ich einen Bauern, dessen Lehen ganz hoch oben liegt, wo beinahe gar nichts mehr wächst, eigentlich ist es nur eine Alm. Im Frühling fällt der letzte Schnee auf die Sommersaat, im Herbst der erste auf das reifende Korn, aber den Mann verdrießt das gar nicht. Er hat sogar ein Stück Land gerodet und eine Baumschule eingerichtet. Wir gehen miteinander im Gehege umher und betrachten die Bäumchen. Fast alle sind krumm vom Schneedruck und knotig vom Frost und immer wieder sterben die Reiser ab. Wenn ich an die Baumgärten denke, die ich in der Ebene draußen gesehen habe, Tausende von pfeilgeraden Stämmen, wie in der Fabrik gemacht, dann ist das hier freilich ein bißchen lächerlich. Und doch habe ich nicht das Herz, es dem Mann zu sagen, seine Liebe zu diesen kümmerlichen Gewächsen ist mir ehrwürdig. Jedes einzelne kennt er genau, er hat ihnen Schildchen umgehängt und allerlei Zeichen daraufgemalt, ein Kreuz, einen Stern, schreiben kann er nicht. Wer weiß, ob es ihm nicht doch einmal in langer Zeit gelingt, den Baum zu züchten, von dem er träumt, der so hart und fruchtbar wäre, wie er selber.

Wenn ich den Mann neben mir betrachte, dann muß ich seine Obstbäume loben, ihn selber muß ich loben. So wie er da steht, ist er ein grober ungeschlachter Kerl, aber zugleich ist er ein Held, ein Eroberer. Wie er stand der Erste hier, der hätte auch unten im Tal bequemer leben können, aber er griff die Wildnis an und machte sie fruchtbar mit der Waffe des Bauern, mit dem Pflug. Gott gebe, daß die Enkelsöhne niemals anders denken. Denn was der Pflüger verlorengibt, das kann auch der Krieger nicht mehr zurückgewinnen.

DER BERGBAUER SPRICHT

Mein Lehen ist uralt. Ich weiß nicht, wer der erste war, der hier heraufstieg und sich umsah, der die Quelle fand und eine sumpfige Blöße im Wald. Jedenfalls muß ihm die Gegend gefallen haben, er blieb und fing an zu roden und zu graben, lange Zeit. Niemand kümmerte sich damals um diesen Narren in der schattseitigen Wildnis außer einem Bären, der auch hier sein Anwesen hatte. Aber der Mann erschlug ihn mit der Axt und seither haben wir einen Namen, wir hießen die Bärecker einer nach dem andern.

Manchmal im Frühjahr, wenn ich auf dem Anger stehe, Schmelzwasser und gelbes Gras unter den Füßen, und wenn ich ins Tal hinunterschaue, auf die guten Höfe unter blühenden Bäumen, dann muß ich wohl zugeben, was die Leute sagen, daß es ein armseliger Fleck Erde ist, mein Lehen. Es bedeutet nichts für die Welt, ob hier Roggenland oder Brachland liegt, für die Menschheit ist das nicht wichtig. Aber dabei denke ich so vor mich hin, wie seltsam es eigentlich zusammenhängt, daß doch im Grunde jeder einzelne Mensch von so einem Stück Erde lebt. Irgendwo in der Welt muß es einen Acker geben, auf dem sein Brot wächst, und wenn dieser Acker nichts mehr trägt, dann muß irgendwo in der Welt ein Mensch verhungern. Der meint natürlich, sein Unglück liege darin, daß er keinen Groschen in der Tasche hat, an den verdorrten Acker denkt er nicht, den hat er ja im Leben nie gesehen, oder vielleicht steht die Fabrik darauf, die jetzt keine Arbeit mehr für ihn hat.

Liege ich nun schlaflos in meiner Kammer wegen dieses Menschen? Nein, so ist es nicht, ich bin kein Schwärmer und Sinnierer. Mitunter verdrießt es mich wohl auch selber, mein ewiges Gewürge zwischen Junifrösten und Septemberschnee. Einmal in der Jugend stritt ich mit dem Alten, ich meine mit dem Vater, er wollte mir nicht Platz machen. Es sah so aus, als ob ich mein Lebtag Knecht auf seiner Keusche bleiben sollte, und da warf ich die Sense hin und ging davon, in die Stadt. Arbeit fand ich so leicht, als hätte der Werkmeister in dem Betrieb schon lang auf einen Burschen gewartet, der sich auf die Kunst verstand, vor einer Maschine zu sitzen und ihr ein Stück Blech ins Maul zu schieben. Sie kaute dann ein wenig daran und spie eine fertige Gürtelschnalle in den Blecheimer. Daheim hätte ich mir keine Brennsuppe bei diesem Geschäft verdienen können, hier aber lebte ich wie ein Herr. Ich aß vom eigenen Teller in der Kantine und trug feine Hemden, und mein Mädchen brachte es so weit, daß ich mir Sockenhalter kaufte, kaum zu glauben.

Das hätte so bleiben können, ein zweites und drittes Jahr, aber ich weiß nicht, plötzlich langweilte mich die Sache. Andere Arbeit? Ja gern, du kannst Nietlöcher stanzen! Ein Kerl wie ich, mit Fäusten wie Schraubstöcke, und dazu dieses lumpige Blechzeug, alles unnütz. Nein, da schluckte ich lieber etwas hinunter, den ganzen alten Zorn, ich zog meine Joppe wieder an und wanderte heim. Fand alles wieder, wie ich es verlassen hatte, das grüne Haustor weit offen, und den Brunnen mit der schiefen Säule, gab es denn hier niemand, der eine Brunnsäule gerade rücken konnte? Der Hund sprang mir an die Brust und warf mich beinahe um mit seinem Getue, nun ja, und der Alte war auch noch da, ein bißchen mürber geworden. „Steh nicht herum", sagte er, „fang an!"

Schaut, Leute, das habe ich getan. Mein Leben ist ja nicht besonders ruhmvoll verlaufen seither, ich habe nichts in Bücher geschrieben und selten über die letzten Dinge nachgedacht, ich weiß nur, was ich wirklich wissen muß. Meinetwegen könnte die Welt hinter meinem letzten Wiesenzaun zu Ende sein. Mitunter plagen mich Sorgen, natürlich, mein Leben ist kein träges Wasser, Gott liebt es wohl, wenn seine Bäche rauschen, und niemand weiß, welche Art Mühlen er damit antreibt. Ab und zu kommt jemand aus dem Dorf, ein Agent, der will mir etwas aufschwatzen, einen Seilzug, eine Zentrifuge. „Du sparst Arbeit damit", meint er, „eine Menge Zeit!" Zeit, so, das wäre gut. Ich frage dann, ob es vielleicht eine Maschine gäbe, mit der man das Korn unterhalb kitzeln kann, damit es schneller wächst, das ließe sich hören, eine Kornkitzelmaschine. Der Mann sagt darauf, ich sei ein Spaßvogel, aber einen Traktor sollte ich mir wenigstens anschaffen, wie mein Vetter unten im Tal. Ja, ich habe den Vetter hinter dem Steuer sitzen gesehen, großartig, so viel Lärm kann ich mit Händen und Füßen nicht machen. Freilich fährt er nur noch ums Haus

herum, denn das Feld, für das er den Traktor brauchte, das hat er verkaufen müssen, um ihn zu bezahlen.
Vielleicht hat der Agent recht, wenn er mir vorhält, ich sei alt geworden und rückständig geblieben, die Welt käme nie vom Fleck, wenn alle so dächten wie ich. Dem Vernehmen nach ist die Welt auch ohne mich vom Fleck gekommen, aber wohin? – erlaubt mir die Frage! Die Leute vergießen weniger Schweiß heutzutage, dafür um so mehr Tränen.
Nun, was rede ich, ein grauköpfiger Bursche, ein grober Bauer. Der jüngere von meinen Buben geht bei den Zimmerleuten in die Lehre, das ist recht, das gefällt mir. Der andere will auf dem Hof bleiben, er fängt schon an, nach mir zu schielen, wenn er mich beim Mähen überholt, das gefällt mir weniger. Aber ich werde schließlich mit ihm reden, wenn es Zeit ist, die Sache mit den Gürtelschnallen will ich ihm ersparen.
Nach Feierabend, während die Kühe aus dem Trog saufen, sitze ich jetzt gern mit der Bäuerin auf der Bank vor dem Haus und rauche meine Pfeife, die Frau muß ja auch ihre Unterhaltung haben. „Ja, Alter“, sagt sie, „geh du nur zu deinen Bienen!“
Ich gehe aber weiter über den Anger bis zur großen Esche und den Zaun entlang, wo der Hafer steht, er wird schon gelb. Dann bergauf über die saure Wiese, die jetzt trocken liegt – daß es mir nicht selber einfallen konnte, hier Gräben zu ziehen! Ganz oben haben wir das Korn, den Rübenfleck, und das ist noch immer nicht alles, es kommt noch ein Schopf Wald danach und die Hutweide.

Eine halbe Stunde brauche ich alles in allem, bis ich wieder unter der Esche verschnaufen kann.
Kein Grund, sich aufzuspielen, die Helden sind längst ausgestorben, die Roder und Landnehmer. Käme jetzt wieder ein Bär durch den Graben getrottet, so würde ich mich wohl kaum nach einem Beil umsehen, sondern nach dem nächsten Weg hinter die Tür. Aber trotzdem, es bewegt mir das Herz, über mein Land zu schauen, über alles, was da wächst und Frucht trägt, es rührt mich an. Haltet mirs zugute, wenn ich doch einmal das Maul voll nehme und etwas sage. Der Mann, sage ich, der zuerst da war und der zuletzt da sein wird, das ist der Bauer.

DER BERG

Einmal verlangte ein waghalsiger Mensch von mir, ich möge ein Buch über den Berg schreiben. „Was für einen Berg?“ fragte ich. „Den von Immanuel Kant“, sagte er, „den Berg an sich.“
Nun habe ich ja eine verläßliche Abneigung gegen alles, was nur von weitem nach Arbeit riecht, aber unversehens begann etwas in mir zu rumoren, die Eitelkeit vielleicht, oder auch nur Neugier. Diesmal, erklärte ich mir, mußt du gründlich zu Werke gehen und einen genauen Begriff von der Sache liefern, eine Definition. Ich lief also zum Doktor in das Dorf hinunter und bat ihn um sein Lexikon. Das stammte freilich aus einer recht entlegenen Zeit, aber auch die Berge sind ja nicht von gestern, geschweige denn die Wissenschaft. Ich fand da gedruckt, ein Berg verstünde sich als eine deutliche, begrenzte Bodenerhebung, als das offensichtliche Gegenteil des Tales sowohl wie der Ebene, während wiederum, was den Hügel betreffe, die Unterschiede zwar merklich, jedoch unbestimmt und fließend seien. Ein durchaus eindeutiger Bescheid, aber als ich nun versuchte, meine eigenen Erfahrungen mit diesem Maß zu prüfen, überkamen mich allerlei Zweifel. Vielleicht war es doch besser, wenn ich wieder einmal auf allen Glanz der Gelehrsamkeit verzichtete und mich mit dem begnügte, was mir von selber einfiel, ungeachtet der Gefahr, daß das, was ich sagen will, nicht dorthin gehört, wo ich es gesagt habe.

Zu allen Zeiten meines Lebens, so weit ich mich zurückerinnern kann, immer schauten Berge auf mich herab. Auch dort, wo ich geboren wurde, war eigentlich gar kein Platz für eine Menschenbehausung. Die weißhäuptigen Riesen standen sich Fuß bei Fuß gegenüber, sie verschränkten sozusagen auch noch ihre Zehen, und Bach und Straße mußten sich mühsam darüber oder darunter durchwinden. So lernte ich früher klettern als laufen, es gab ja kaum einen ebenen Fleck um das Haus. Ständig war da Schatten und drohendes Gedröhn, und aus der dämmrigen Schlucht wehte der kühle Atem des Baches herauf.

Zuweilen geschah ein Wunder, ein Regenbogen schwang sich durch den Wasserstaub. Dann war es Sommer, und die Sonne schien auch bei uns in die Stube hinein. Aber bald verließ sie uns wieder für lange Zeit, die Felsen ringsum erstarrten in blauem Eis. Die Sonne hatte es ja selber schwer genug auf ihrem Weg in der Himmelshöhe, dem einen Berg entrann sie am späten Morgen, und am frühen Abend verschlang sie der andere wieder. Die fernen Gipfel kochten auch das Gewölk, aus dem der Regen rauschend niederging. Dann bewarfen sie einander mit feurigen Blitzen, sie brannten sich rauchende Löcher in ihre grünen Mäntel, und die Fenster klirrten von ihrem Donnergelächter. Für die großen Herren mochte das bloß ein Spiel sein, Ungewitter und Schneestürme, Wildwasser und Lawinen, aber uns kleinen Leuten ging es oft beinah ans Leben. Ich schlief noch im Gitterbett, da weckte mich die Mutter einmal früh am

Morgen. Eine graue Helle erfüllte unsere Kammer, es roch faulig und feucht, und vor dem Muttergottesbild flackerte ein Kerzenlicht. Ich mußte eilig aufstehen und alles anziehen, was ich besaß, sogar mein Hut wurde mir aufgesetzt, was doch sonst nur zu den heiligen Zeiten geschah. Von draußen drang ein grollendes Getöse herein, anders als bei einem Unwetter, gefährlicher. Ich lief zum offenen Fenster, und ehe mich die Mutter zurückholen konnte, hatte ich etwas Unbegreifliches gesehen: der Bach war aus der Tiefe bis zu uns heraufgestiegen. Eine schwarze, wild schäumende Flut schoß an der Wand des Hauses vorbei. Lange saß ich beklommen auf meinem Schemel inmitten der Stube, der Hut drückte mich an den Ohren, aber ich wagte nicht, ihn zu lüften. Was uns da bedrohte, war mir unbegreiflich. Ein Unheil eben, wie schon oft, wenn die Mutter so wie jetzt rastlos hin und wider lief, die Hände unter dem Kinn gefaltet. Manchmal erschütterte ein dumpfer Stoß das ganze Haus, dann lief die Mutter ein wenig schneller – helf uns Gott! flüsterte sie. Vielleicht stieg dieses schwarze Wasser immer noch höher, vielleicht kam es zum Fenster herein? Und warum war der Vater nicht da?

„Wo ist der Vater?“ fragte ich. Aber die Mutter winkte nur mit der Hand, daß ich schweigen sollte.

Es währte lang. Der helle Tag kam herauf und es währte noch immer. Aber ich sagte nichts mehr und schluckte alle Tränen hinunter. Dann war da plötzlich ein Schritt auf der Treppe, die Mutter schrie auf, und er stand in der Tür, der alles Unglück abwenden konnte, der Vater. „Ja“, sagte er langsam, „da bin ich.“ Am Abend sei er von der Arbeit weggegangen und noch über die Brücke gekommen, obwohl der Bach schon über die Bohlen schoß. Hinter ihm her lief ein Mann mit einem Karren, dem wollte er noch helfen, aber da krachten die Joche plötzlich zusammen. Dann sei er ins Wasser geraten, alles finster und die Straße weggerissen. Er habe hinauf in die Erlen klettern müssen, immer höher bis unter eine Wand, und das Wasser sei ihm langsam nachgestiegen. So mußte er in den letzten Sträuchern hängen, bis es Tag wurde. Was weiter, es wurde Tag.

Indessen überschlug sich die Mutter beinahe am Herd. Ich brachte die Pfeife und zog dem Vater die Stiefel aus, und er half mit dem anderen Fuß an meinem Hinterteil nach, wie immer. Dann ging er gelassen an das Fenster, um das Wasser aus den Schäften zu schütten. „Nimm den Hut herunter“, sagte er zu mir. „Es fällt ja schon, das Wasser.“

Die Berge waren die Brotherren unserer ganzen bäurischen Sippschaft, harte Herren und ein karges Brot. Der Älteste meines Namens, den ich noch kannte, hauste als Wetterwart auf dem Hohen Sonnblick, er hieß Adam. Der Reichste und unser aller Vorbild besaß einen Kramladen, der Ärmste und deshalb der Lustigste war Spielmann, und dazwischen gab es eine Unmenge von Vettern und Basen, die alle wenig zu vererben hatten, gewöhnlich kaum einen rechtschaffenen Namen. Ich sage das ja auch nicht, um mit meiner großen Verwandtschaft zu prahlen, sondern weil dieses zwielichtige Volk sich meisterhaft auf die Kunst verstand, jede Gelegenheit auszuspähen, die dem Menschen in der bergigen Wildnis einen kleinen Vorteil einbrachte. Die meisten arbeiteten im Holz oder als Fuhrleute und Knechte auf den Höfen. Zehn Gulden Lohn im Jahr waren damals schon viel. Aber es gab ja allerlei geheime und nicht immer ganz saubere Rinnsale nebenher, aus denen man bei Gelegenheit schöpfen konnte. Einer war jahrelang Hüter auf der Roßalm, dorthin brachten die Bauern im Sommer ihre Gäule und das Jungvieh. Ich besuchte ihn oft, die Hütte lag in einem grasgrünen Kessel, ringsher von senkrechten Wänden umstellt. Der Vetter lehrte mich ein richtiges Mus zu kochen und die magere Milchkuh zu versorgen, die uns beide ernähren mußte. Er selber saß lieber in der Tür und spähte in die Felsen hinauf. Ich dachte, daß ihm vielleicht die jungen Stiere Sorgen machten, weil sie gern über die Schuttkegel kletterten und sich verstiegen und dann jämmerlich aus den Schroffen brüllten. Um sie bei der Suche nicht noch weiter in die Wände zu treiben, mußte man trachten, von oben heranzukommen, gewöhnlich auf recht waghalsigen Wegen. Damals dachte ich mir nichts dabei, ich war dürr und klebrig wie ein Kienspan, und so fand ich immer einen Halt für meine Finger, deren ich ja zwanzig hatte, die Zehen mitgerechnet.

Eines Abends, als uns wieder ein Stück fehlte, ging der Vetter mit mir in das Kar hinein. Keine Eile, unter einer Zirbe rasteten wir, und da fragte er beiläufig, ob ich wohl allein noch ein wenig weiter suchen wolle. Wenn mir irgend etwas Vierbeiniges begegnete, sollte ich es nur getrost zu ihm heraustreiben.

Gut, aber ich geriet auf meinem Weg immer höher in die Wände hinauf. Plötzlich, in einer glatten Rinne, prasselten Steine, etwas Höllenschwarzes stob unter mir davon, und ich hatte nicht einmal eine Hand frei, um mich zu bekreuzigen. Nach einer Weile, als ich mich vorsichtig umsah, zog ich den Kopf gleich wieder ein, denn es krachte unten im Kar von einem Büchsenschuß.

Den Vetter fand ich erst in der Hütte wieder. Er saß beim Herd und kochte frisches Fleisch im Kessel, und von einem Schuß wollte er durchaus nichts gehört haben. Rinnsale, sagte ich vorhin.

Wieder ein anderer, ein Onkel, war Bergführer, ein ansehnlicher Mann mit einem gewaltigen Schnurrbart. Ich begriff nicht, wie man davon leben konnte, mit Seil und Pickel auf dem Kirchplatz zu hocken und auf Narren zu warten, auf Leute, die nicht einmal ein Schaf besaßen oder sonst etwas, wonach sie oben auf den Gipfeln hätten suchen müssen. Aber der Onkel fuhr nicht übel bei seinem Geschäft, er dachte sogar daran, mich als Lehrbuben anzunehmen. Einen Gulden wollte er mir jedesmal zahlen. Das war ungeheuer viel Geld, wenn man bedenkt, daß damals ein Braten mit Sauerkraut samt einem Krug Bier in der Kutscherstube elf Kreuzer kostete, und dann blieben einem immer noch neunundachtzig Kreuzer übrig. So viel Braten konnte ein Mensch überhaupt nicht essen.

Im Morgengrauen begann ich also mit meinem neuen Handwerk. Der Onkel stieg voran, ihm folgte ein ältliches Frauenzimmer, das er Euer Gnaden nannte, und hinten nach trottete ich, hoch beladen und verdrießlich wie ein Maulesel. Ich hatte eine Unmenge von nutzlosem Zeug zu schleppen, allerdings auch zwei gebratene Hühner und eine Korbflasche voll Wein. Auf dem langen Weg durch den Wald hinauf beschäftigte mich immerfort die Frage, ob dieses dürre Wesen vor mir wohl imstande sein werde, mehr als ein halbes Huhn zu essen. Aber als wir uns auf der letzten Almwiese endlich niedertaten, war von Hühnern keine Rede. Einmal, sagte die Gnädige, wünsche sie so zu leben wie wir Söhne der Berge, von klarem Quellwasser und unserem schwarzen Brot im Angesicht der herrlichen Werke Gottes.
Von da an knüpfte der Onkel die schöne Seele an seinen Strick, weil er sie ja noch über den Grat hinaufziehen mußte. Die Kletterei war nicht weiter schwierig, nur trafen wir es oben auf der Spitze auch nicht gemütlicher als unten. Der Onkel grub das Gipfelbuch aus einem Steinhaufen und hielt der Dame seinen Buckel hin, damit sie einen Vers über eine ganze Seite schreiben konnte. Ich stand dabei und fror erbärmlich, es war hundekalt in dem scharfen Wind, und was die Aussicht betraf, so entzückte es mich auch nicht übermäßig, daß ich plötzlich von oben sah, was ich bisher ebenso gut von unten gesehen hatte, nämlich lauter Berge. Zu meinem Schrecken überfiel mich zudem ein furchtbares Bauchgrimmen von dem kalten Wasser auf der Alm, und rund-

herum sah ich nirgends einen schicklichen Platz für das Allernötigste. Schließlich seilte mich der Onkel ein Stück über die Wand hinunter. Dort blieb ich dann lange und hatte meinen Frieden.

Daß ich es noch berichte: am späten Abend kamen wir ins Tal zurück. Was aber das Schändlichste an der ganzen Sache war, die Hühner und den Wein nahm die Gnädige unbesehen wieder an sich. Sogar um meinen Gulden mußte der Onkel noch mit ihr raufen. Wir seien unverschämt, sagte sie, denn sie habe ja gar nichts aus meinem Rucksack gebraucht.

Es kamen dann die Jahre, in denen ich selber Gefallen daran fand, etwas zu wagen, freilich nie allzuviel, denn die Phantasie ist eine aufdringliche Warnerin. Aber ein wenig weiß ich eben auch von dem Drang, das Ungewöhnliche zu tun, ohne nach dem Nutzen zu fragen. Vielleicht gibt es wirklich nichts Köstlicheres als dieses rätselhafte Glücksgefühl, das einen überkommt, wenn man Kraft und Mut bis zum letzten erschöpft hat und sich nur noch mit Not ins liebe Leben hinüberretten kann.

Wie sehr mein Herz an der Welt der Berge hängt, erfuhr ich erst, als mich das Schicksal für eine Weile hinaus ins ebene Land verschlug. Das Heimweh trieb mich ruhelos umher, aber die leere Weite wanderte ja mit mir, und der Himmel war kein schützendes Dach mehr, das verläßlich auf Bergesschultern ruhte, sondern ein Abgrund bis in die Sternräume hinaus. Felder, eintönig hingebreitet, Bäche, träg und unschlüssig auf ihrem Weg, hier und dort ein Dorf, ein Weiler. Aber wie konnte ein Mensch, der da lebte, sagen, er sei daheim? Der erste unter seinen Vorfahren, der Landnehmer, war wohl nur wandermüde, als er sich hier niederließ, er hätte ebensogut irgendwohin weiterziehen und dort seine Hütte aufschlagen können. Im Gebirge ist das anders, dort kann ich von jedem Heuschuppen sagen, warum er genau auf seinem Platz stehen muß und nicht einen Steinwurf weiter daneben. Ein Ackerstreifen kann Weizen tragen, aber der andere, der daran grenzt, schon nicht mehr, und der Mensch, der da haust, der muß vieles wissen und erfahren, Gesetz und Ordnung seiner Welt. In reiferen Jahren gingen natürlich auch mir die Augen auf für mancherlei Fremdes, für die Schönheit der flachen Moore etwa oder der Heide. Ich wanderte in den ungeheuren Wäldern der Niederungen und kostete den Wind an flachen Küsten. Aber ich rede ja von meiner Jugend, und da ist es eben so: Wenn man einsehen könnte, daß man etwas nicht begriffen hat, dann hätte man mehr Verstand, als nötig wäre, es zu begreifen.

Ich bin ja auch bald wieder heimgekehrt, nicht reicher und nicht klüger, in dieser Hinsicht sind alle Verheißungen trügerisch gewesen. Mir genügen jetzt die vertrauten Wege ums Haus und die Felder entlang, ich könnte Bücher mit den Ereignissen füllen, die mir da begegnen, wenn ich nicht schon seit langem zu faul wäre, Bücher zu schreiben. Manchmal, wenn mir der Teufel einredet, ich sei etwas wie eine Persönlichkeit und deshalb müsse ich mich auswärts sehen lassen, dann spreize ich wohl eine Weile meine Federn, aber zugleich stelle ich unterwegs eine umständliche Rechnung von Tagen und Stunden an wie ein Verbannter, und statt den Mann von Welt zu spielen, verderbe ich die Tischtücher in feinen Speisesälen, indem ich mich damit beruhige, die Konturen der Bergrücken in meinem Tal daraufzuzeichnen. Manches wird mir wohl auch daheim mit dem Alter lästig, und Gott weiß, was geschehen soll, wenn ich einmal nicht mehr fähig bin, den Hügel auf- und abzusteigen, auf dem mein Haus steht. Aber läge ich dann krank, so würde der Berg durch das Fenster hereinschauen und es wäre tröstlich, sein Gesicht zu sehen, ich kenne es so gut. Vielleicht hätte ich auch einmal Lust, den alten Burschen klein zu machen, Kopfrechnen kann er nicht. Ich dächte mir die ganze Erde als eine Kugel, nicht größer als mein Haus, und wollte ich dann den Berg darauf suchen, so wäre er gar nichts mehr, eine winzige Rauhigkeit. Spiegelglatt läge alles dazwischen, die Tundren Sibiriens, die großen Wüsten, die Fruchtebenen Amerikas, und die Meere spannten sich als dünne Wasserhaut von Küste zu Küste. Stürme und haushohe Wellen vermöchten den Glanz der blauen Fläche nicht zu trüben. Zwei Finger hoch über allem schwebte da und dort das weiße Gespinst der Wolken, zöge umher mit kleinen Wirbeln und verginge wieder. Dies wäre das Reich des Lebens, ein Anhauch von grünem Schimmel über taubem Gestein und jener Fingerbreit atembarer Luft unter der eisigen Unendlichkeit. Mir selber oder meinesgleichen würde ich auf dieser Kugel vergeblich nachspüren.

Nur den Unfug, den wir Menschen insgemein stiften, den vermöchte ein fleißiger Forscher vielleicht aufzuspüren, aber nicht zu deuten.
Ich bin ins Schwatzen geraten, was könnte ich noch sagen? Nicht viel, außer daß im hintersten Winkel meines Tales ein tiefer See liegt, den ich noch manchmal aufsuche. Wenn ich im Boot auf seinem stillen Wasser treibe und um mich schaue, dann meine ich zu wissen, was das ist: ein Berg. Aber Worte habe ich noch immer nicht dafür. Jemand, ich glaube Lord Byron, hat einmal gesagt, für ihn seien hohe Berge ein Gefühl. Das scheint mir ein guter Ausdruck zu sein, ein genauer sogar. Denn nicht, was ein Mensch weiß und wirkt, macht sein wahres Wesen aus im Zusammenklang mit anderen Wesen, sondern was er fühlt. Das allein hebt ihn in Gottes Nähe empor.

GARTEN MEINER JUGEND

Ich war dreizehn Jahre alt, als ich zum erstenmal die Stadt betrat, ein mageres, sommersprössiges Bürschchen an der Hand der Mutter. Es hatte die freundlichen Mitreisenden manche Anstrengungen gekostet, uns beiden mit meiner ganzen Aussteuer an verschnürten Bündeln und Schachteln aus dem Zug zu helfen, aber die Not fing erst an, als wir gottverlassen in dem Leutehaufen auf der Straße standen. Kein bekanntes Gesicht weitum, niemand, der uns auch nur einen Blick gönnen mochte, und mir war obendrein sterbensübel. Ich weiß nicht, welchem Heiligen sich die Mutter schließlich empfahl, jedenfalls bekreuzte sie sich entschlossen und suchte nach einem Weg durch das Gewirr der Menschen und Fahrzeuge. Immer wieder versuchte sie, jemand mit einer Frage aufzuhalten, aber während sie ihre Last hinstellte, um zu warten, bis ich artig mein Hütchen gelüftet und wieder aufgesetzt hatte, war der Ausersehene längst verschwunden. Die Mutter hatte übrigens genug damit zu tun, scharfäugig nach Gefahren auszuschauen, die uns Schritt für Schritt bedrohten, trabende Pferde im Rücken oder die Straßenbahn, die uns mit Klingeln und Kreischen unter die Alleebäume jagte. Endlos zog sich der Weg, Mut und Kräfte schwanden dahin. Aber Gott erbarmte sich, er schob uns Hals über Kopf durch ein prächtiges Gittertor und plötzlich standen wir in einem Garten, als ob sich das Paradies für uns aufgetan hätte,

nicht anders. Wir waren ja offenkundig auch hier fehl am Platz – Springbrunnen und Blumen und Rosenranken vor einem Schloß, das alles mochte vielleicht dem Kaiser gehören. Aber wir konnten uns doch fürs erste auf einer Bank niederlassen, um Atem zu schöpfen, ehe uns ein fürstlicher Trabant kaltherzig auf seine Hellebarde spießte.
Nun, es geschah nichts dergleichen. Geraume Zeit blieben wir unangefochten auf dieser Bank in der warmen Sonne. Die Mutter saß schweigsam neben mir nach Art der Landleute, die krummen Hände im Schoß ineinander gelegt und die Röcke ein wenig gerafft, damit man einen Saum vom guten roten Unterzeug sehen konnte. Auch mir war gleich wieder wohler ums Herz, hier gab es doch Gras und Strauch, vielerlei vertraute Dinge und Geräusche, ein Specht schnarrte irgendwo, und Schwalben schossen durch die Luft. Der Garten schien unermeßlich groß zu sein, aber fern über den Baumkronen sah ich die Türme der Stadt, sie schimmerten blaßgrün in dem rauchigen Dunst. Nur die Festung ragte ins klare Licht hinauf, und sie war gewaltiger als alles, was ich mir hatte ausdenken können. Viele Menschen schlenderten die breiten Kieswege entlang, Offiziere mit dem blitzenden Säbel unterm Arm, und ihre Damen, engelgleiche Geschöpfe, vom Boden bis zum Hals in lauter Seide und Spitze gewickelt und nur durch ein zierliches Sonnenschirmchen vor dem Hinschmelzen geschützt. Ich fragte, ob diese Leute etwa lustwandelten, es war das ein kostbares Wort aus meinem Märchenbuch, aber die Mut-

ter kannte es nicht. Sie hielt dafür, daß wir nun endlich weiterziehen und nach meiner Herberge suchen müßten. Einmal noch beschleunigte sie den Schritt, als wir an etlichen steinernen Frauenzimmern vorüberkamen, die da splitternackt auf Postamenten standen. Das war nun eben die Stadt: ein Garten voller Lieblichkeit, und plötzlich züngelte die Schlange der Unzucht aus dem Laub!

Wir fanden dann auch wirklich mein Quartier, eine Dachkammer in der Goldgasse. Am andern Morgen brachte mich die Mutter zur Schule, einmal noch malte sie mir ein Kreuz auf Stirn und Mund und Brust, und dann blieb ich allein.

Nach heutigen Begriffen hätte ich bald verkommen müssen, aber nur das Heimweh erwürgte mich beinahe, nicht der Hunger, obwohl ja nur der Zufall mein Nährvater war. Ein wenig half wohl auch meine bauernschlaue Einfalt dazu, sie ließ mich gleich ein Schiebefenster in der Klostertür entdecken, durch das mir zweimal in der Woche die Armensuppe gereicht wurde. An drei anderen Mittagen lud mich das Glück in einer Kochschule zu Gast. Nie mehr im späteren Leben habe ich so seltsame Gerichte verschlungen und auch glücklich verdaut. Am Sonnabend durfte ich bei einem Selchermeister in der Kaigasse einkehren, der mästete mich gleich auch für den Sonntag voraus. Diesem guten Mann habe ich viel Kummer gemacht. Wenn ich vor der Schüssel hockte, umkreiste er mich knurrend und manchmal hängte er seinen Gast an den Haken der Kälberwaage, weil er nicht

begriff, wie ich so viele seiner besten Würste verschlingen konnte, ohne ein wenig Fett anzusetzen.
Überblicke ich jene Zeit, dann ist mir, als hätte ich damals auf einem anderen, milderen Stern gelebt. Oft versuche ich, jungen Leuten zu erklären, wie denn die Welt in jenen Jahren beschaffen war, aber es glückt mir nicht, sie bestaunen weder, was ich ihnen schildere, noch halten sie das meiste auch nur für wünschenswert. Freilich zeigt mein Bild nur sehr gedämpfte Farben, es ist ein langweiliges Bild, ein Idyll. Fast schon zu viel an Aufregung, wenn etwa der Kaiser einmal am Schnupfen litt. Dann beteten die braven Bürger in den Kirchen und sogar die Freigeister dämpften für eine Weile ihre zügellosen Reden. Denn der Kaiser war auch für sie noch die ruhende, unverrückbare Mitte aller Dinge, nicht nach dem schwachen und schwankenden Willen der Menschen, sondern von Gottes Gnaden. Noch der geringste Untertan konnte in unabwendbarer Bedrängnis um Audienz bitten, und kein Übeltäter wurde gehängt, ehe die bärtige Majestät entschieden hatte, ob die Schlinge geknüpft oder gelöst werden sollte. Es lag nicht an dem, daß der Kaiser etwa jedermann an Geisteskraft überragte, er war nicht gescheit, er war erhaben. Und deshalb kam in ihm das zur Wirkung, was sonst unter Menschen kaum wirken kann, ein einfacher, gutwilliger Verstand. Wäre dem Kaiser gemeldet worden, ein Gelehrter habe ein Atom zertrümmert, er hätte es sehr bedauert, daß einem sonst angesehenen Mann ein derartiges Mißgeschick zustoßen mußte, und im stillen wäre er mit sich

zurate gegangen, in welchem Ministerium er wohl einen solchen Pechvogel unschädlich machen konnte.
Ich weiß natürlich, das alles würde sich nicht mehr in unsere Zeit fügen lassen. Wir haben zu gründlich aufgeräumt, und wenn wir noch etwas so Altmodisches wie Treue oder Ehrfurcht im Leibe hätten, wüßten wir doch kaum, wem wir sie zuwenden könnten.
Gleichviel, mitunter hänge ich gern solchen Erinnerungen nach, völlig bedeutungslosen Erinnerungen, ich geb es zu. Die Mutter nähte mir, als ich Abschied nahm, zwei Gulden in den Rocksaum, für die äußerste Not. Meine Großmutter hatte die beiden Silberstücke in ihrer Jugend verdient, und nun, nach fünfzig Jahren, waren sie immer noch gute Gulden, der Enkel hätte jederzeit einen Hut voll Kupferkreuzer eintauschen und eine Weile davon leben können.
Aber ich möchte noch einmal vom Garten Mirabell erzählen. Er blieb meine eigentliche Zuflucht, auch im Winter, wenn mich der kahlköpfige Gärtner stundenlang im warmen Glashaus sitzen und die Namen seiner Sämlinge in krausem Latein auf gelbe Brettchen malen ließ, bis der Frühling wiederkam. Längst war mir alles wohlvertraut, die Goldfische im Wasserbecken, die Figuren aus der Antike, in rätselhafte Balgereien verwickelt, der traurige Adler im Vogelhaus, die Laubengänge und das Labyrinth hinterwärts, in dem sich die Leute seltsamerweise immer zu Paaren verliefen. Leider geriet ich bald in Händel mit dem Parkwächter, er rechnete mich offenbar zu den Spatzen und zu ähnlichem Ungeziefer, das

ständig sein Reich des Friedens und der Ordnung bedrohte. Nachmittags, wenn es stiller wurde, pflegte er sich in ein winziges Häuschen zurückzuziehen und dort aus einer heimlichen Flasche zu trinken. Einmal sah ich die Gelegenheit, schlich herbei und drehte den Schlüssel um. Ich weiß nicht, wer meinen Erbfeind schließlich befreit haben mag. Meinerseits ging ich davon, über den Rasen, und ließ den Gefürchteten kaltblütig hinter mir in seinem wankenden Gehäuse toben.
Es kam dann die Zeit, in der mich die Liebe zu plagen begann. Damals wirkte eine Schauspielerin in der Stadt, ein Ausbund an Schönheit und Talent nach meinem Begriff. Diesem Wesen verdanke ich das meiste meiner Kenntnisse in klassischer Dramatik, freilich nur jeweils der zweiten Hälfte, weil es erst nach der Pause möglich wurde, ohne Karte auf einen Stehplatz zu gelangen. Weit ergiebiger für meine Leidenschaft war ja auch die Gewohnheit meiner Dame, in den Irrgängen des Labyrinths ihre Rollen zu lernen. Ich saß dann gern über ihr im Geäst einer hohen Buche, sah die Tränen und hörte die Schwüre der Geliebten, ach, und hätte ihr leicht mit eigenen Versen antworten können, sooft sie den Himmel anrief. In meiner Not erbettelte ich mir eine Rose in der Gärtnerei, der Dauerhaftigkeit halber in einen Topf gepflanzt, und den wollte ich meiner Schönen bei Gelegenheit vor die Füße stellen. Aber es glückte mir nicht. Sie wunderte sich wohl nur ein wenig über einen taubstummen Gärtnerlehrling, der ihr ständig mit demselben Blumentopf in Händen über den Weg lief.

Alles das, alle Romantik der Jugend versank mir dann im Abgrund des Krieges. Nur der alte Garten lebt noch. Manches scheint mir verändert zu sein, mitten im Wasserbecken bäumt sich jetzt ein Flügelroß. Aber das hilft mir nicht, ich bin ein Dichter zu Fuß, kein berittener. Nach jener grünen Bank suche ich vergeblich. Nur der Löwe liegt noch oberhalb auf der Mauerbrüstung und wendet das edle Haupt angewidert zur Seite. Vielleicht stieg ihm damals etwas in die Nase, ein Düftchen von dem Käse, den die Mutter als Wegzehrung in ihrer Strohtasche trug.

Waggerl 45

MARSCHMUSIK

Einige im Dorf, die mit mir jung waren, erinnern sich wohl noch an das alte Krämerhaus neben der Kirche, und dann wissen sie auch, daß dort ein Schrank oben in der geräumigen Diele stand, ein riesiges Gehäuse, aus Lärchenholz gezimmert und mit ungefügem Schnitzwerk verziert.

An großen Festtagen, zu Floriani etwa oder zu Fronleichnam, stieg der Vorstand schon frühmorgens mit dem Schlüssel in der Hand die Treppe hinauf, und immer durften auch etliche Buben hinter ihm her stolpern, denn in jenem Schrank wurden die Fahnen aller Vereine aufbewahrt, und der alte Mann hielt viel darauf, daß die Jugend beizeiten lernte, das Hergebrachte zu achten.

Wenn er nun schweratmend und umständlich die Türen aufschloß, dann öffnete sich gleichsam das Himmelstor, und eine Flut von Farben drängte ans Licht, von prunkender Seide und blassem Gold. Waren es etwa die Schützen, die ihren Jahrtag feiern wollten, so hob der Vorstand die grünseidene Fahne vom Schragen. Er hatte den Hauptmann und den Fähnrich hinter sich, alle drei traten an das Fenster und entrollten das ehrwürdige Tuch, um es wieder einmal zu betrachten. Auf der einen Seite war der Ritter Georg aufgemalt. Silbern gerüstet und freundlich lächelnd heftete er den Wurm mit der Lanze an die Erde. Wenn der Hauptmann mit seinem groben Finger über die Seide fuhr, knisterte sie, als sprängen

Funken heraus. Harte Zeiten damals, es ist lange her. Inzwischen war vieles in der Welt anders geworden, besser nicht, nur schwieriger, es gab zwar keine Drachen mehr, aber auch keine Wundertäter. Darum zeigte die Fahne auf der anderen Seite nur eine Scheibe mit dem Laubkranz, zum Zeichen, daß die Schützen noch immer gern schossen, wenn sie auch keine Kugel mehr zu gießen brauchten. Sie luden ihre Büchsen nur noch zur Freude der Leute und zur Ehre des Herrn, der sich ja selber nicht ungern mit Blitzen und Krachen vergnügt, wie jedes Donnerwetter bezeugt.

Rot war die Fahne der Feuerwehr, über und über mit Bändern behängt, die für Abwendung von Feuersnot gestiftet wurden, aus Dankbarkeit, manchmal freilich auch mit heimlichem Unwillen, denn es kommt nicht jedem gelegen, wenn der Übereifer vorzeitig wieder löscht, was die gütige Vorsehung mühsam zum Brennen gebracht hat.

Die Veteranen wiederum führten ein schwarzgelbes Banner, sie durften den doppelköpfigen Adler im Wappen zeigen. Der Kaiser erlaubte es ihnen, weil sie gewissermaßen noch immer in seinem Eid standen, so wie sie einander nach und nach zur letzten Ruhe brachten.

Alles in allem, und wenn man auch die geringeren Vereine noch mitzählte, die Sänger oder die Kegelbrüder, so gab es keinen rechtschaffenen Mann im Dorf, der nicht an irgendeinem Tag des Jahres hinter seiner Fahne gehen durfte und mit ihr zu Ehre und Ansehen kam. Seht, diese Freude muß man den Leuten lassen, man soll sie ihnen nicht vergrämen. Sie sind ja keine Narren deswegen. Nachher gehen sie doch wieder hinter dem Pflug und sitzen auf ihrem Schemel in der Werkstatt. Aber der Knecht oder der Schustergesell, dann und wann einmal will er den Werktag abstreifen, will seinen Federhut aus der Truhe holen, seinen Stutzen, und keinen Forstgehilfen zu scheuen haben. Das macht viel aus, denkt nur an die Weiber, wenn sie beim Umgang in kleinen Grüppchen an den Ecken stehen und den Ihren in der Reihe suchen, um ihn gleich der Nachbarin zu zeigen. Denn er sieht stattlich aus, obwohl er kein Auge zur Seite wendet, aus Stolz, und damit ihm nicht unterhalb die Beine aus dem Takt geraten. Selbst wenn einer gar nichts konnte, weder pfeifen noch blasen, so war es ihm doch wenigstens erlaubt, sich in Gottes Namen einen Gurt um den Leib zu schnallen und mit den Spritzenleuten zu gehen.

Pfeifen und Blasen, wo bliebe das ganze heitere Wesen, der Glanz und die Fröhlichkeit ländlicher Feste, wenn es die Spielleute nicht gäbe!

Die Kunst, Musik zu machen, ist großer Ehren wert, denn sie ist ein Gottesgeschenk. Wunderbar genug, wenn man es recht bedenkt, es gibt nichts dergleichen in der geschaffenen Welt. Als Gott am Anfang den Geschöpfen ihre Stimmen zuteilte und in seiner Weisheit auch etliche stumm bleiben ließ, damit die andern jemand hätten, der ihnen zuhörte, da lehrte er die Löwen brüllen und die Vögel pfeifen, und dem Menschen erlaubte er beides, aber der war trotzdem nicht zufrieden. Er machte sich eine künstliche Kehle aus Blech und nannte sie Posaune, und dann gelang es ihm ja auch wirklich, Mauern damit umzuwerfen, wie die Schrift erzählt. Natürlich ist das nicht jedem gegeben, mancher könnte sein Leben daran wenden, er lernte so etwas nie. Was alles ist vonnöten, welche Behendigkeit des Geistes und der Glieder, um auch nur den Baß blasen zu lernen! Ich habe es in jungen Jahren auch einmal versucht, der Vater eiferte mich an, und wenn ich im Keller saß und übte, hörte er mir selber gerne zu, er war schwerhörig. Aber die Mutter verbat es sich schließlich. Irgend etwas, sagte sie, scheine ihr an meinem Spiel zu fehlen, aber eben das sei ihr zuviel.

Immerhin, die Liebe zur Musik ist mir zeitlebens geblieben, zu einer redlichen und handfesten Musik. Natürlich besuche ich auch ab und zu eines der neuzeitlichen Konzerte in der Stadt, das bin ich meinem Ansehen schuldig. Aber ich muß eingestehen, es wurde mir sauer genug, bis ich endlich dahinterkam, wie es die anderen damit hielten – daß sie nämlich in Wirklichkeit abwesend waren. Sie entfernten sich gleichsam heimlich wieder, und was im Sessel sitzen blieb, war gleichsam nur die äußere Hülle, mit einem verklärten Gesicht obenauf. Das lernte ich dann auch, und etliche unter den neueren Meistern müssen mir's verzeihen, daß ich auf solche Art schon manches Stück ihrer Kunst verschlafen habe. Es gelang ihnen zwar in der Regel leicht, mich mit der Gewalt der Töne wieder aufzuwecken, aber ich hatte doch hinterher nicht das Gefühl, es fehlte mir etwas.

So ein Marsch dagegen, einmal angefangen, schreitet er fort mit Naturgewalt und ist nicht mehr aufzuhalten, da fügt sich alles wohlgeordnet ineinander nach der hergebrachten Kunst und Regel, und jeder Ton ist unantastbar und gewissermaßen heilig wie das Wort im Paternoster.
Großartig, wenn zur Abendzeit die Musikanten auf den Dorfplatz rücken und sich im Kreis unter der Linde aufstellen! Jeder hat einen Buben mit dem Windlicht hinter sich stehen, denn es dämmert schon stark, es mag im Frühsommer sein, wenn die Luft schon warm ist und voll von erregenden Gerüchen. Rund herum sammeln sich die Zuhörer je nach Neigung und Gemütsart, die Sanfteren bei den Flöten, die Heißblütigen hinter den Hörnern, und nur die Verliebten bleiben im Dunkeln. Gepfiffen oder geblasen, ihnen ist es einerlei, wenn nur niemand darauf achtet, was auf den Hausbänken geschieht.
Ich wähle meinen Platz bei der Trommel, schon seit den Kindertagen stehe ich dort am liebsten. Damals verdroß es mich sehr, daß der Tambour so wenig Dank erntete, ich konnte das nicht verstehen. Ein Jahrmarkt von Geräten war um ihn herum aufgebaut, manchmal wußte er wirklich nicht, wonach er zunächst greifen sollte, nach Trommel oder Becken, Triangel oder Glockenspiel. Dabei war er so unverdrossen, und wenn er sich wirklich einmal einen Augenblick Ruhe gönnte, schon warf der Kapellmeister einen bösen Blick nach ihm, und er mußte von neuem die Schlegel rühren. Am Ende aber, wenn alle Arbeit getan war, kam wieder nicht das wahre Ver-

dienst zu Ehren, sondern der Kapellmeister blähte sich auf und dankte nach allen Seiten für den Beifall, er, der doch überhaupt keinen Ton von sich gegeben hatte. Heute weiß ich ja, wie sich die Sache verhält. Aber dennoch, so oft mein guter Glaube an die Gerechtigkeit in der Welt zuschanden wird, fällt mir mein Trommler wieder ein und seine unbedankte Kunst.

Nun steigt der Kapellmeister inmitten der Runde auf ein Faß und mustert seine Leute. Man muß ihnen Zeit lassen, sich einzurichten, denn sie wollen ein schwieriges Stück zum besten geben, den „Auszug des Kriegers". Noch einmal werden die Zungen der Klarinetten beleckt und die Rundstücke der Trompeten entleert, und der tiefe Baß muß sich eine Grube in den Boden scharren, damit er einen verläßlichen Stand hat und mit der Stiefelspitze den Takt klopfen kann. Er baut ja gleichsam das tragende Gerüst, an das die anderen nur ihren Zierat hängen. Schließlich aber steht auch der letzte bereit und für alles gerüstet. Der Kapellmeister hebt die Hand, er sieht aus, als wolle er noch ein beschwörendes Kreuz über dem Ganzen schlagen, und gleich darauf stimmen die Bläser ihre gemächliche Weise an. Vielleicht ist es so gemeint, daß der Krieger eben von der Arbeit heimkommt, man hört ihn pfeifen und den Feldweg entlang schlendern und in das Haus tappen. Dort findet er wohl die Frau am Herd und die Suppe auf dem Tisch, und eine Glocke läutet auch dazu, so friedlich ist der Feierabend.

Allein, schon grollt auch etwas Drohendes dazwischen, ein Hornruf mischt sich von fern darein. Sogleich läßt der Mann den Löffel fallen, er schiebt den Tisch von sich und horcht, der Krieger. Frau, sagt er, ich muß ins Feld ziehen. Bring mir meinen Säbel aus der Kammer! Aber die Weiber! Es ist seltsam, jede will einen Helden zum Manne haben, und jede fängt zu heulen an, wenn er es einmal satt bekommt, immerfort auf der Bärenhaut zu liegen. Plötzlich schluchzt die Klarinette laut auf, das kann nur die Frau des Kriegers sein. Man sieht förmlich, wie sie sich an seinen Hals wirft und zum Steinerbarmen weint. Das nähme ein schlimmes Ende, wenn nicht der Kapellmeister dem Flügelhorn verstohlen einen Wink gäbe, damit es sich ins Mittel legt und etwas Tröstliches dazwischen sagt. Der Müllerbursch hält sich ja schon längst dazu bereit, niemand könnte diese Stelle so ergreifend blasen wie er. Die Lippen hat er schief zur Seite gezogen und seine Trompete an den Mundwinkel gesetzt, die Augen dreht er über sich, und die eine Wange wölbt sich kugelrund heraus, kein Mensch hielte es für möglich, daß dieser teuflischen Fratze so himmlische Töne zu entlocken waren.

Sei ruhig, sagt das Flügelhorn zur weinenden Frau, jede Kugel trifft ja nicht.

Mannhaft gesprochen, freilich, aber wüßte der Krieger, was der Kapellmeister weiß, daß er nämlich im nächsten Augenblick schon in eine mörderische Schlacht geraten wird, er wäre weniger großmäulig. Jetzt endlich kommt mein Freund zur Geltung, der Trommler, die ganze Zeit stand er da, mit dem Schlegel in der Hand, mit der brennenden Lunte sozusagen, und nun läßt er den

Kanonendonner gewaltig rollen. Das Schützenfeuer knattert und knallt und ganze Salven prasseln darein, kein Wunder, daß da manchem der Atem versagt. Nur der Kapellmeister steht kaltblütig auf dem kippenden Faß und stößt hierhin und dorthin mit seinem Stock, wie mit einem Degen.

Aber es steht dahin, ob er die Schlacht noch retten wird. Denn ihm droht das Schlimmste, was einem Feldherrn zustoßen kann: die Mitte wankt! Es ist kein Zweifel mehr, die Posaunen bleiben zurück, das schwerfällige Fußvolk. Allein in diesem Augenblick der Verwirrung, während uns allen die Hoffnung zu schwinden scheint, richtet sich der Meister zu voller Größe auf. Noch gibt er nichts verloren, noch kann er das Becken ins Treffen führen. Unversehens rasselt es heran, nach allem, was ich von der Kriegskunst verstehe, muß das die Reiterei sein!

Und wahrhaftig, sie ist es, sie wirft sich in den Kampf. Grausig anzuhören, wie das klirrt und dröhnt, furchtbar das Wiehern der Klarinetten, das Schnauben der Hörner und das Hufgestampf der Bässe. Nur meinen Freund, den Trommler, rührt das alles gar nicht an. Unbarmherzig löst er Schuß auf Schuß aus seinem schweren Geschütz, einerlei wen es trifft, Freund oder Feind, das war schon immer so bei den Kanonieren.

Und wirklich wendet sich das Glück. Allen Lärm übertönend bläst der Hornist zum Sammeln. Allmählich finden sich alle wieder ein, gottlob, auch die Posaunen sind da, außer Atem keuchen sie herbei und treten in das Glied.

Ja, Hut ab zum Gebet! Vorüber ist die mörderische Schlacht, nun lege jeder die Hände ineinander und gönne sich einen Augenblick der Besinnung, ehe das Trio beginnt. Der Abend kommt, das Biwak auf der Walstatt.

Jetzt zieht der Krieger den Mantel über sich und streckt die müden Glieder zum Schlafe aus. In seinen Traum mischt sich das Lied der Kameraden, die noch am Feuer sitzen und singen. Der Müllerbursch schiebt sich ein wenig aus der Reihe, er spielt fast ganz allein und ergreifend schön diese Weise von der Heimat und von dem Mädchen, das dort wartet, und der Kapellmeister verschmäht es nicht, zu ihm zu treten und mit dem Waldhorn die Terz dazwischen zu blasen. Die Klarinetten mischen sich hinein, es flüstert und flötet wie von Engelszungen. Noch einmal steigt der Meister auf das Faß und hebt die Hand, damit nicht einem von den Bässen ein unzeitiges Schnarchen entschlüpfe, oder um den allerletzten Ton gleichsam aus der Luft wegzufangen und an sich zu reißen, falls einer übrigbliebe.

Aber heiter und freundlich endet der Gesang der Bläser, freundlich der Traum des Kriegers nach der Schlacht. Gott helfe ihm, daß er bald heimkehren und wieder an seinem friedlichen Herd sitzen darf, er und wir alle!

AUS DER KINDHEIT

Ich wurde in einer Schmiede geboren, hoch über den rauschenden Wasserfällen von Gastein. Mein Vater war Zimmermann, und sein Handwerk brachte es mit sich, daß wir in dieser ersten Zeit viel umherzogen. Er trug nach dem Brauch sein Werkzeug in einer geflochtenen Tasche über der Schulter, meine Mutter aber schob einen großen Korbwagen vor sich her, darin lag ich zuoberst auf unserer ganzen Habe, schlief oder besah mir die Welt unter dem geblümten Zeug des Sonnendaches. Später, als ich schon verständiger war und laufen konnte, nahm mich der Vater zuweilen an die Hand, ich sang, und er pfiff und schwang seinen Stock auf eine kunstvolle Art. Oft kehrten wir in Gehöften ein und aßen mit den Leuten aus der Schüssel, dann blieben wir eine Weile, bis der Vater mit seiner Arbeit im Schuppen oder auf der Tenne fertig war. Ein anderes Mal bekamen wir die Milch nur vor das Haus gestellt. Dann mußten wir wieder weiterziehen und irgendwo in einer dunklen Scheune unser Lager aufschlagen. Es war ein herrliches und abenteuerliches Leben für mich, denn daß es auch ein sorgenvolles und kümmerliches war, begriff ich damals noch nicht.

Mir war alles lieb, die Straßen und die Wälder, durch die wir zogen, die Tiere und Kinder auf den fremden Höfen und vor allem der Vater, der immer stark und fröhlich blieb. Ich verstand die Mutter gar nicht, wenn sie mitunter verzagt war und vornüber in den Karren weinte, so daß ich die Tropfen auf das Bettzeug fallen sah.

Es kamen freilich allerlei Zwischenfälle. Einmal brach unterwegs ein Rad an unserem Gefährt, die Eltern mußten sich nach einem Schmied umsehen, der den Reifen flicken konnte. Ich wurde am Weg unter eine Fichte gebettet, und damit ich nicht fortliefe, knüpfte mich die Mutter mit einem Band an dem Baume fest. Aber es währte lang, und während ich schlief, zog ein furchtbares Unwetter auf. Der Regen überschwemmte mich verlassenen Wurm, ich saß in der Nässe und schrie und verstummte wieder, als ein flammender Blitz nahe vor mir in das Wasser schlug. Der Bach färbte sich schwarz, er stieg heraus und schwoll über den Weg, Brückenhölzer trieben vorbei, Sträucher und Wurzeln, und ich wäre ertrunken, wenn der Vater nicht doch zuletzt einen Weg durch Wald und Unterholz gefunden hätte.

Im dritten Winter kamen wir in die Heimat zurück. Wir lebten zuerst auf dem Dachboden eines kleinen Hauses. Ich weiß noch, daß es bitter kalt war. Noch immer schlief ich im Korbwagen unter dem düsteren Gebälk, die Mäuse pfiffen, und nachts stiegen Katzen in mein Bett und berochen mich. Oft weinte die Mutter und sprach zornig auf den Vater ein, aber er schrie niemals zurück, nahm nur seinen Hut und ging fort. Wenn er wiederkam, war alles gut, er brachte Essen nach Hause, einen Laib Brot, dann und wann ein Stück Fleisch oder eine Hand voll Backwerk für mich.

Erst im Frühjahr fand der Vater wieder bessere Arbeit. Wir zogen in eine Stube, in der wir unseren Kram ausbreiteten, bis der Vater einige Möbel zusammengebaut hatte, Tisch und Bank und richtige Betten an der Wand. Die Mutter wurde fröhlicher, sie wusch und nähte für die Dienstleute, und auch ich war schon für allerlei zu gebrauchen. Ich wußte, was wir nötig hatten, und darum schleppte ich vor allem Brennholz nach Hause. Einen ganzen Lattenzaun nach und nach, bis mich ein paar Ohrfeigen belehrten, daß zwischen dem, was man braucht, und dem, was einem gehört, ein Unterschied zu machen sei. Jeden Mittag trug ich für den Vater das Essen auf den Bauplatz, ich durfte rittlings bei ihm auf einem Balken sitzen wie ein rechter Zimmergesell, und dann teilte er brüderlich mit mir.
Damals war das Bad Gastein noch unansehnlich, aber von Jahr zu Jahr schossen die Häuser höher empor, die Straßen wurden breiter, und der Wald wich zurück. Ich erinnere mich des Tages, an dem wir elektrisches Licht bekamen. Hundertmal schloß ich die Augen und drehte den Schalter, und hundertmal wiederholte sich das unbegreifliche Wunder, es war unirdisch hell in der Stube. Übrigens fand ich mich mit meinesgleichen gut zusammen. Ich entdeckte, zu welchen Zeiten es sich lohnte, vor den Küchenfenstern zu stehen, und daß man die dicken Köchinnen rühren konnte, wenn man ihnen Blumen durch das Gitter steckte. Als ich einmal heulend auf der Straße stand, weil ich den Milchgroschen verloren hatte, und unversehens nicht bloß einen, sondern sechs

in die Hand gedrückt bekam, ehe ich nur zu schluchzen aufhören konnte, da war ich schon ruchlos genug, auch diese Möglichkeit in mein Erwerbsleben einzubeziehen. Wir Buben mochten wohl überhaupt eine geheimnisvolle Plage für die Gäste sein. Jedenfalls trieb der Müßiggang wunderliche Blüten in meinem Hirn, so etwa, wenn wir zu dritt in die Kanäle krochen und unter einem Gitter in der Hauptstraße jammervoll zu heulen anfingen, bis Mann und Frau oben versammelt standen und nach der Feuerwehr riefen.

Es war in allem eine glanzvolle Zeit, Kaiser und Könige stiegen ab, man konnte ihnen unterwegs begegnen wie dem Pfarrer oder dem Briefträger, und es verschlug ihrer Hoheit nichts, wenn es offenbar wurde, daß auch sie von der Gicht geplagt waren wie andere Leute. Sie alle mußten wohl demnach eine besondere Art von Menschen sein, Kurgäste eben, und ich kam nie auf den Gedanken, sie könnten jemals in ihrem Dasein etwas anders zu tun haben, als in Seide und Lack auf den Promenaden zu wandeln. Vielleicht verschliefen und verdösten sie den ganzen Winter so wie wir und erwachten erst im frühen Sommer wieder, wenn die Spiegelscheiben und die prunkvollen Portale aus den Brettern geschält wurden. Dick waren sie oder dünn, krumm oder lahm und im ganzen häßlicher als gewöhnliche Menschen, aber sie hatten die seltsame Eigenschaft, immerfort Geld aus der Tasche zu holen. Außerdem rochen sie so fremdartig und wunderbar, ich konnte stundenlang hinterher laufen und die Wolke von Düften einatmen, die sie unaufhörlich von sich gaben.

Das Fremdartige dieser Geschöpfe zog mich magisch an. In jener Zeit trugen die Damen ungeheure Hüte, und was ihnen in der Leibesmitte an Fülle fehlte, das häufte sich hinterwärts um so mächtiger unter Bändern und Spitzenzeug an. Aber wenn ich auf gewisse Bäume kletterte, so konnte ich sehen, daß sie sich in ihren Zimmern doch ganz irdisch kämmten und wuschen, und einmal beobachtete ich mit tiefem Erstaunen ein vornehmes Ehepaar, daß sich gelassen wechselseitig mit Ohrfeigen bedachte.
Zuweilen geriet ich auf Botengängen in eine der prächtigen Empfangshallen. Da stand ich dann, ich strohhaariger Knirps, barfuß und schmutzig, der spiegelnde Marmor verstörte mich, die gefährliche Stille und Kühle benahmen mir den Atem. Noch heute, wenn ich auf Reisen genötigt bin, ein Hotel aufzusuchen, werde ich die ängstliche Empfindung nicht los, daß ich besser täte, wieder zu verschwinden.
Als ich nun schon ein paar Jahre zur Schule gegangen war, meinte die Mutter, es sei endlich genug der Tagedieberei, ich müsse jetzt zusehen, wie ich mir selber das Essen verdienen könne. Sie bewarb sich für mich um die Stelle eines Liftburschen, ich wurde wirklich aufgenommen und erhielt sogleich eine neue, hellblaue Uniform mit zweiundvierzig silbernen Knöpfen. In der Morgenfrühe trat ich meinen Dienst an, aber schon zu Mittag saß ich weinend auf der Treppe, und mein Herz war zerrissen von wildem Heimweh und Freiheitsdurst. Die ungewöhnliche Kleidung drückte mich, ich war nirgends

gelitten und jedem im Wege. Aber allmählich fügte ich mich, allmählich schied sich Freundlich und Feindlich. Die Stubenmädchen waren gute Geister, man konnte abends bei ihnen in der Kammer sitzen und zuhören, wie sie von ihren Liebhabern sprachen, von dunklen Geschehnissen in Zimmern und Gängen des Hauses, und sowenig ich von ihrem Geflüster begriff, es erregte mich dennoch bis in den Schlaf hinein.

Ich las auch viel, billige Romane aus den Nachttischladen der Gäste oder die Groschenhefte der Mädchen, und dadurch verlor ich mich gänzlich in einer zwiespältigen Welt von Träumen. Ständig lebte ich irgendeinem Helden nach, einem unglücklichen Grafen Horst oder Bodo, und das hatte wiederum zur Folge, daß mich der Portier, mein nächster Vorgesetzter, für einen Ausbund sträflicher Dummheit hielt. Es war ein kleiner heftiger Mensch mit seltsamen Gewohnheiten. Jeden Auftrag, den er mir gab, pflegte er durch ein Kopfstück zu bekräftigen, bis ich dahinterkam, daß ich diese Maulschellen nur empfing, weil mein Kopf seinen majestätischen Gebärden im Wege war.

Viel Abenteuerliches habe ich erlebt, viel Unheil durch meine närrische Einfalt gestiftet. Wir hatten einen Gast, den die Kellner aus irgendwelchen Gründen den Hochstapler nannten. Sogleich warf ich natürlich die Augen Sherlock Holmes' auf den Mann, und als ich eines Morgens durch die Glastür des Liftes sah, wie dieser Schurke aus dem Zimmer einer Baronin geschlichen kam, auf Zehenspitzen und mit allen Zeichen bösen Gewissens im

Gesicht, da fuhr ich eilends in die Tiefe und lief mit Zeter und Mord durch das Haus. Viel mehr als die gewaltige Ohrfeige, die ich vom Portier empfing, erstaunte mich die Tatsache, daß der Räuber und sein Opfer zu Mittag wieder friedlich am selben Tische saßen.

Noch heute erinnere ich mich mit Herzklopfen an eine andere Begebenheit, an die Geschichte von den Klapperschlangen. Eines Tages nämlich erzählte ich dem Stubenmädchen aus reiner Lust am Lügen, der Herr auf Nr. 33, ein Professor, hielte sich Klapperschlangen in seinem Koffer, Gott weiß, warum es gerade solche sein mußten. Täglich schmückte ich meine Geschichte mit neuen Einzelheiten aus; er pfiffe ihnen, sagte ich, und sie tanzten dazu, und wenn ich mit der Post ins Zimmer käme, schlöffen sie einfach in seine Hemdärmel, so trüge er sie wohl überall mit sich umher.

Mittlerweile aber verbreitete sich eine stille Panik im ganzen Hotel. Das Stubenmädchen weigerte sich, in diesem Zimmer aufzuräumen, der ahnungslose Professor war plötzlich wie die Pest gemieden, und ein paar Ängstliche packten sogar ihre Koffer. Zuletzt stellte der Direktor selbst den Schlangenbändiger zur Rede, und ich stand zitternd vor ihm, mein Lügengebäude fiel über mir zusammen. Dieser junge Mann, sagte der Professor nachdrücklich, dieser junge Mann ist geistesgestört. Und dabei blieb es dann auch.

Übrigens aber verstand ich mich recht gut auf meinen Vorteil, ich war, was das verdiente Geld betraf, der Stolz meiner Mutter. Zwischendurch verliebte ich mich in ein kleines dünnbeiniges Mädchen, fuhr meinen Schatz nach Tisch halbe Stunden lang im Lift spazieren und kaufte ihm um teures Geld eine Korallenkette, die sich dann allerdings nutzlos in meiner Hosentasche verkrümelte. Die Groschen und Silberstücke waren allzuleicht verdient, ebenso geschwind rollten sie wieder davon, und so gewann ich schon damals keinen festen Stand zwischen Armut und Überfluß. Ich habe später wieder bittere Not gelitten, habe dies und jenes in meinem Leben versucht, aber nie erlernte ich die Kunst, mit meinen Gütern hauszuhalten. Und so mag sich zuletzt wohl erfüllen, was mir mein Portier prophezeit hat: daß ich ein unrühmliches Ende finden werde.

DAS SALZBURGER LAND

Kommt ein Salzburger in die Welt hinaus, so findet er nicht leicht ein Ländchen, das kleiner ist als seines. Diese Erfahrung rührt ihn dann natürlich sehr in seinem heimwehkranken Herzen. Und sobald er eine geduldige Seele findet, die ihm zuhört, fängt er an, von seiner Heimat zu schwärmen und zu prahlen, obwohl er in der Regel erst weitläufig erklären muß, daß Salzburg keineswegs in Tirol liegt, Gott bewahre, und auch nicht im Salzkammergut, sondern umgekehrt, daß alle Erdenschönheit eben in Salzburg zu finden ist, Tirol natürlich ausgenommen.

Nun, ich bin ein Salzburger und deshalb schwärme ich jetzt auch, einerlei, ob mir jemand zuhören will. Wenn man unser Land auf der Karte betrachtet, nicht auf einer Weltkarte, versteht sich – dann sieht man, daß es vernünftigerweise mit seiner ganzen südlichen Breitseite auf den Bergen sitzt. Es sind recht stattliche Häupter darunter, das Wiesbachhorn, der Venediger, der Großglockner. Heutzutage kann man diesem Riesen ungestraft mit einem Omnibus über den Scheitel fahren oder, wenn man das Herz hat, auf seiner Schulter stehend den Morgen erwarten, um zuzuschauen, wie der gewaltige Berg die Schatten von sich streift und zu leuchten beginnt. Selbst der verlauste Gletscher unterhalb tut der Würde des Königs keinen Abbruch, er kratzt sich nicht einmal. Denn der Mensch meint zwar die Natur zu beherrschen, aber wahrscheinlich hat sie sich nur an ihn gewöhnt. In jungen Jahren war ich auch einmal auf dem Glockner, mein Onkel nahm mich mit, ein Bergführer. Aber ich kann nicht sagen, daß ich viel Gefallen an diesem Abenteuer fand. Es war nur hundekalt auf dem Gipfel, ich stolperte zwischen Himmel und Erde herum und sah plötzlich unter mir, was ich vorher über mir gesehen hatte, nämlich lauter Berge.

Vom Kamm der Hohen Tauern weg ziehen der Reihe nach die Täler nordwärts in das breitere Bett der Salzach. Manche sind noch heute weltentlegen still, andere brachten es zu großem Ansehen, wie das Gasteiner Tal mit seinen weltberühmten Bädern. Ich bin dort geboren worden. Wenn ich anspruchsvolle Gäste habe, führe ich sie gern in meine alte Heimat, ich zeige ihnen dann stolz die Wasserfälle, die prächtigen Paläste und Promenaden. Heute läuft man ja nicht mehr Gefahr, plötzlich einem Kaiser zu begegnen, vor dem man beiseite treten und sich tief verbeugen muß. Ich selber kröche freilich lieber wieder in die Wasserstollen, um wie im Bubenalter unter den Kanalgittern zu kauern und den Damen Erbsen unter die Röcke zu schießen.

Weiter östlich öffnet sich das Land gegen die Steiermark, es ist das eine liebliche, geräumige Gegend. In einem der alten Märkte und Dörfer wirkte der Schöpfer des Weihnachtsliedes „Stille Nacht" als Pfarrer. Er war arm wie die anderen Leute auch und hat nichts hinterlassen als einen geflickten Talar, den niemand erben wollte,

und eben dieses Lied, das Besitz der ganzen Welt geworden ist.
Wenn man westwärts wandert, kann man die Liechtenstein-Klamm besuchen, wahrhaftig ein Wunder der Natur, freilich nur für Leute, die sich noch wundern können, oder für Verliebte, weil die Klamm stellenweise sehr eng und dunkel ist. An dieser Stelle verläßt auch die Salzach mit einer entschlossenen Wendung das Land ihrer Jugend, den Pinzgau. Wir reisen aber ihrem Ursprung entgegen, das breite Tal entlang. Wir reisen gemächlich, weil es die Straße so will und weil wir es lieben, Fohlen auf der Weide springen zu sehen oder einmal eine gescheckte Kuh zu begrüßen, die ihr rosiges Maul durch das Wagenfenster steckt.
Wenn ich in der Geschichte besser Bescheid wüßte, könnte ich mit den Freunden in einem der behäbigen Wirtshäuser zu einem kühlen Glas Wein einkehren und ein wenig von den Schicksalen des Landes die Zeiten herauf erzählen. Anfangs war da wohl nichts als wilder Wald und Sumpf. Die Wissenschaft meint aber, der Mensch sei trotzdem schon damals eine Plage in dieser Gegend gewesen. Später kamen dann die Römer dazu, um nach Gold und Salz herumzuschnüffeln. Sie gründeten auch Städte und bauten Straßen, die wir nur auszugraben brauchten, um bessere zu haben, als es die heutigen sind. Hinter ihnen her folgten manch andere Völker, Goten und Slawen und zuletzt die Bajuwaren, die ja noch immer viel mit uns gemeinsam haben – außer dem Oktoberfest. Für ein Jahrtausend kam das Land unter die

Herrschaft geistlicher Fürsten. Die Zeiten waren dennoch rauh, erfüllt vom Brandgeruch der Kriege. Kaum zu glauben, daß es immer wieder Leute gab, die geduldig ihre zerstörte Heimstatt aufbauten, die Weiden rodeten und die Acker pflügten und Steuern zahlten, damit die Fürsten von neuem um den Glanz der Herrschaft raufen konnten. Denn wo sich ein kleiner Mann die Suppe kocht, will es offenbar die Weltordnung, daß gleich ein größerer kommt und das Fett abschöpft. Es saßen aber oft auch gute Herren in der Residenz, väterlich strenge und zugleich weltkundige und weitschauende Männer, wie Paris Lodron, der es fertigbrachte, das begehrte Kleinod Salzburg dreißig Jahre lang vor dem Zugriff der Kriegsfurie zu schützen. Nun, Herrschermacht kann eine Weile blühen und sogar Frucht tragen, schließlich stirbt sie doch ab. Unvergänglich ist nur die Macht des Geistes, und in diesem Bereich hat unser Land nur wenig von seinem alten Glanz verloren.

Der Pinzgau liegt zu Füßen des Urgebirges, gleichsam vor der weißen Brandungswoge unserer Sehnsucht nach dem Süden. Nördlich schiebt sich noch einmal ein Riegel von Gipfeln quer durch das Land, himmelhohe Berge, grau und kahl. Sie sind das Reich der Gemsen und der großen Raubvögel, die von weither kommen und über den einsamen Karen kreisen. Man kann da mancherlei erleben. Einmal vor langer Zeit trabte ich irgendwo unter den Wänden einen Jägersteig entlang, und da stand ich unversehens einem Steinbock gegenüber, einem gewaltig gehörnten Bock. Aber er ließ mir ritterlich Zeit, davonzulaufen, anders als der Leibhaftige. Seither halte ich mich lieber an die Goldenen Hirschen und Roten Ochsen der Wirtshäuser unten im Tal.

Welche Straße man auch in Salzburg landeinwärts wählen mag, man kommt immer in die Hauptstadt, die unser aller Geliebte ist. Ach, welch eine Stadt – laßt sie mich ein wenig preisen! Schön gewandet liegt sie mit gelösten Gliedern in den Armen der waldigen Hügel, ihr Geschmeide funkelt, das silbrige Gürtelband des Flusses, das Grün der Kuppeln, das Gold der Kreuze auf den Türmen. Wo sonst als in ihrem Schoße hätte der Genius der holdesten Kunst seine Heimat finden können. Unsere Stadt ist freilich keine willfährige, sondern eine launische Geliebte, die oft ein wenig schmollt und tränenreiche Szenen macht. Mit anderen Worten, es regnet gern in Salzburg, nicht mehr als anderswo, aber öfter.

Es bliebe endlich noch das Salzkammergut zu schildern, uns Älteren teuer, weil dort früher in jedem Sommer der Kaiser regierte, indem er kapitale Böcke schoß – den Kunstfreunden eine Schatzkammer voll von Köstlichkeiten, der Jugend ein paradiesischer Garten, darin sie Kraft und Mut und Übermut erproben kann. Die Sage erzählt, daß ein großer Heiliger, als ihm beim Bau der ersten Kapelle die Axt in den See sprang, kurzerhand den Stiel hinterher warf, worauf ihm beides, durch Wunderkraft vereinigt, wieder in die Hand schwamm. Auch Ungläubige sollten daraus erkennen, um wieviel leichter das Leben wäre, wenn wir unseren geistigen Hochmut mitunter gegen fromme Einfalt vertauschen wollten.

Man könnte ohne Mühe Zeugnisse berühmter Gäste sammeln, die seit Jahrhunderten das Lob der Schönheit Salzburgs gesungen haben, der sommerlichen Landschaft allerdings. Denn der Reisende zu Pferd oder im ungefederten Postwagen hatte alle Ursache, die kalte Jahreszeit zu scheuen. Während des Winters versank das Bergland in völliger Einschicht, nur Jäger wagten es oder Holzknechte, auf ungefügen Schneereifen tiefer in die verschneiten Wälder einzudringen. Auch in meinem Dorf hielt man es für einen Frevel an der Langmut Gottes, als wir jungen Leute anfingen, bis auf die Almen hinaufzuklettern und dann mit langen Holzlatten an Füßen Hals über Kopf wieder ins Tal herunterzurutschen. Wir ahnten damals freilich nicht, daß wir damit einen neuen Sport entdeckt hatten, mehr noch, eine neue Welt voll überraschender Schönheit und Lebensfreude. Wäre ich streitlustig, so könnte ich sogar behaupten, daß nicht die Grönländer, sondern die Bergleute in Gastein unsere Lehrmeister waren. Noch mein Vater fuhr nämlich mit einem Knappenroß zu Tal, wenn er in jungen Jahren als Zimmermann im hochgelegenen Goldbergwerk sonntags seine Braut besuchen wollte. Diese Knappenrösser waren feste, vorn aufgebogene Bretter, man schlüpfte mit dem Schuh in eine Lederschlaufe, lenkte das Gefährt mit einer langen Stange und befahl sich dem Himmel, wie wir es auch taten.

Heute, ein halbes Jahrhundert später, ist das, was wir einst spaßeshalber trieben, ein leidenschaftliches Anliegen vieler Millionen Menschen geworden. Es versteht sich von selbst, daß Salzburg längst zu den berühmtesten Wintersportländern zählt. Namen wie Gastein sind weltweit bekannt. Aber auch fast jedes winzige Dorf in einem entlegenen Tauerntal hat alles zu bieten, was das Herz eines Schiläufers erfreuen kann.

Ein kleines Ländchen alles in allem, aber man muß es herzlich lieben. Wer immer in seinen Gauen zu Gast war, dem wird sein Name zeitlebens als ein heiterer Akkord im Ohr klingen, und niemand, der einer Herzensregung fähig ist, wird es ungetröstet verlassen.

DER ÖSTERREICHER

Auf Reisen und im Umgang mit meinen Besuchern habe ich häufig ein umständliches Für und Wider hinsichtlich unserer österreichischen Lebensart auszufechten, so oft, daß ich mir vornahm, einmal bei müßiger Zeit etwas über diesen Gegenstand aufzuschreiben. Ich bin ja meiner Herkunft nach nicht ganz unberufen für ein solches Unternehmen, und wenn ich sorgfältig alles ausscheide, was ich nach und nach selber an meinem Charakter verdorben habe, müßte sich mein eigenes Wesensbild ungefähr mit dem eines typischen Österreichers decken. Freilich merke ich da gleich, daß dieses Bild um so schwieriger zu fassen ist, je genauer ich es betrachte. Ich werde mich also des Kunstgriffes bedienen müssen, meinen Österreicher heimlich Zug um Zug mit einem sozusagen normalen Menschen, etwa norddeutscher Prägung, zu vergleichen.

Am auffälligsten scheint mir, daß die Lebensführung des Österreichers von einem wunderlichen Dilemma beherrscht wird, einerseits von dem ängstlichen Gefühl, daß im Ablauf der Dinge immer auch etwas Drohendes, Unberechenbares mitwirke, und anderseits von der wehmütigen Einsicht, daß es ja doch vergeblich sei, dagegen anzukämpfen. Die Sprache meines Landes drückt das in zwei Redensarten aus: „Da muß was g'schehn" und „da kann man halt nichts machen."

Dieses ständige Schwanken, diese Scheu vor endgültigen Entschlüssen, überhaupt vor allem, was scharfe Konturen hat, das bringt den Österreicher in den Ruf, unzuverlässig zu sein. Freilich trägt ihm seine Schwäche auch wieder den Nutzen ein, daß er eigentlich nirgends in der Welt Feinde hat. Denn überall verzeiht man dem Nächsten lieber seine Fehler als seine Vorzüge.

In Wahrheit ist der Österreicher gar nicht so unsicher, er ist nur vorsichtig. Das Schicksal hat ihn an Gefahr gewöhnt, immer mußte er und muß auch heute noch vieles gegeneinander abwägen. Die Natur selber ist nirgends genau, wie sollte es der Mensch in seinen Entschlüssen sein können! So wurde der Österreicher zum Meister der Improvisation, der Kunst, sich mit dem jeweils Gegebenen einzurichten. Dazu braucht er nun Zeit, oder er gebraucht sie, indem er sie aus sich selber wirken läßt. Nichts haßt der Österreicher so sehr wie Hast, wie überstürztes Handeln. Das rechnet man ihm wiederum als Faulheit an. Aber vielleicht macht er sich nur die einfache Erfahrung zunutze, daß es im Grunde einerlei ist, ob man selber läuft oder die Dinge laufen läßt – eine Tatsache, die ja vor kurzem auch von der Wissenschaft entdeckt wurde. Oft werde ich auf Reisen von atemlosen Leuten gefragt, wie es denn bei mir daheim mit der Arbeit stünde, mit dem Vorankommen, dem Wiederaufbau. Ich sage dann gern, wir seien noch mit den Schäden aus dem Türkenkrieg beschäftigt, mit den neuen hätten wir uns bisher gar nicht befassen können.

Unerschöpflich ist die Geduld, mit der der Österreicher seine eigenen Schwächen erträgt. Er betrachtet eben das Dasein als ein Gefüge, das sich mit Sinn und Widersinn im Gleichgewicht hält. Wahrscheinlich hat er wohl auch im jahrhundertelangen Umgang mit seinen östlichen Nachbarn etwas vom Fatalismus des Orientalen ins Blut bekommen, zudem aber liebt er es, das nüchterne Materielle zu vermenschlichen, zu beseelen. Als ich unlängst einmal auf einer kleinen Station den Vorstand fragte, wann denn endlich dieser Zug zu erwarten sei, da sagte der Mann mit einem versonnenen Blick auf die Uhr. „Ja, so um drei kommt er gern!"

Der Österreicher liebt ja sein Land, inbrünstig sogar, obwohl er ständig nörgelt und um so weniger Gutes gelten läßt, je wohler er sich fühlt. Aber freilich wäre er arg gekränkt, wenn ihm etwa ein Auswärtiger dabei recht geben wollte. Alles Übersteigerte, Pathetische empfindet der Österreicher als peinlich, weil er im Grunde seines Herzens verschämt ist. Trotzdem läßt er sich leicht begeistern und rühren und gefällt sich dann selber darin wie ein Schauspieler. Im gleichen Augenblicke aber, eben aus Scham, ist er imstande, das Preisgegebene ironisch zu verzerren.

Die Fähigkeit, sich in andere Menschen hineinzufühlen, hat er bis zur Selbstentäußerung, und das ist wohl auch in der Hauptsache, fürchte ich, was seinen oft gerühmten Charme ausmacht. Daher stammen zum Beispiel auch die seltsamen Formen der Höflichkeit in meinem Lande. Um nur allen Möglichkeiten gerecht zu werden, hat der Österreicher ein umständliches Zeremoniell des Grüßens entwickelt, derart, daß er mit einer unnachahmlichen Verwindung des Körpers an dem Begrüßten vor-

übergeht und sozusagen zur Auswahl eine Litanei von Redensarten murmelt, ein „Servus grüß Gott habe die Ehre meine Hochachtung wie geht's?“
Wenn ein Österreicher, von einem Gegner zum Entschluß gedrängt, zwei Möglichkeiten offen hat, dann wählt er gewöhnlich eine dritte. Ich kann diesen Vorgang gar nicht genau erklären, obwohl ich mich selber manchmal bei diesem Trick ertappe. Kürzlich ging ich einmal in der Stadt einen Gehsteig entlang, der nach der Straße zu durch eine Kette gesichert war. Plötzlich stand ich einem Menschen gegenüber, der mir scharf ins Gesicht sagte: „Man geht rechts!“ Und nun ist es eben die pointenlose Wendung in der Geschichte, daß ich nicht rechts auswich, sondern ohne zu zögern über die Kette stieg und auf der Straße weiterging.
Immer lebt der Österreicher ein wenig über seine Verhältnisse. Es muß wohl Nestroy gewesen sein, der es fertig brachte, diesen Zustand in einem einzigen Satz auszudrücken. „Herrgott“, sagt Nestroy, „ich möcht' so leben können, wie ich leb!“
Und so geschah es auch, seit den Tagen des lieben Augustin. Merkwürdig genug, daß es dieses Völkchen überhaupt noch gibt, nachdem es doch von jeher und bei jeder Auseinandersetzung auf der Seite des Verlierenden stand. Aber vielleicht läßt das harte Gesetz vom Überleben des Tüchtigsten eben doch Ausnahmen zu, oder es wiegen auf der Waage Gottes die Güter des Herzens nicht um so viel weniger als die des Verstandes.

JEDERMANNS STADT

Wenn es Abend wird über der sonntäglichen Stadt, dann legen große Schauspieler Maske an und das Spiel beginnt: festliche Fanfaren, Rufe von den Türmen, Musik und Gästejubel vor dem Dom, und der schneidende Anruf des Todes – Jedermann in jedermanns Stadt! Geheimnis des Einklanges von Spiel und Wirklichkeit: Mutter und Armer Nachbar, Koch und Guter Gesell, sie treten in zeitlosem Gewand mitten unter uns auf das Brettergerüst. Nach dem Spiel verlassen sie die Bühne und wir mit ihnen. Aber uns nimmt niemand die Maske ab. Auch unsere nüchterne Zeit hat das Festefeiern nicht verlernt; möge das Lachen auch an Glanz verloren, die Gebärde an Überzeugungskraft eingebüßt haben. Mahl, Lied, Tanz – gewandelte Formen, doch neue Inhalte, wann und wo immer Menschen die Begegnung suchen. Doppeltes Antlitz der Liebe: innigste Umarmung, alle Schätze dieser Welt zu Füßen der Geliebten, alle Herrlichkeit auf Erden hingegeben für den Augenblick der Seligkeit. Und das andere: lernen miteinander zu gehen, um in Alter und Einsamkeit einer des anderen Trost zu sein. Fällt das Stichwort zum Auftritt nicht täglich und überall? Mammons gleißnerisches Gehabe in der Versuchermaske, des Bösen Hohngelächter, die sanfte Mahnung der Mutter, das bange Rufen der Werke übertönend. Nur das eine nicht, die Stimme des Gewissens, die uns bitten und bekennen heißt. Aus dem Glauben ist vor

Jahrhunderten dieses Spiel entstanden. Er ist es, von dem bis heute die Glocken künden in Jedermanns Stadt. Burg, Platzgeviert und Palast, Gäßchen und Höfe, Bild und Stein, Wort und Musik, Menschenlos und Kunstwerk – te Deum laudamus.

Einiges sollte man von der Geschichte der Stadt Salzburg wissen, wenn man ihr eigentliches Wesen verstehen will. Der äußeren Gestalt nach ist sie durchaus das Geschöpf ihrer geistlichen Fürsten, einer mehr als tausendjährigen und im ganzen glücklichen Herrschaft. Was die Römer gegründet hatten, ihre Tempel und die Bildsäulen der Kaiser, das versank in den Sturmfluten der Völkerwanderung. Als der Bayernherzog dem fränkischen Fürstensohn Rupertus den ganzen Landstrich schenkte, fand der Gottesmann nur noch Trümmer und wüsten Wald. Er fing aber mit den Seinen unverzagt zu roden und zu bauen an, eine Kirche zuerst, ein Mönchsgehäuse. Virgil folgte ihm, nicht weniger tätig, später Arno, der Freund des Kaisers. Nun gedieh das neue Bistum auch zu weltlicher Macht. In diesen groben Zeiten mußten die geistlichen Herren oft genug in den Harnisch steigen und das Kreuz in der Hand zum Schwert verkehren. Der streitbare Gilbert baute die erste Burg auf den Felsen über der Stadt. Nun konnten die Herren weithin schauen. Bald wehte eine andere, erregende Luft von Süden her. Das Schicksal der Bürger geriet in die Hand eines kraftvollen, weltkundigen Mannes, der mit der gewaltsamen Lebensfreude des Südländers zu regieren begann. Wir, die Nachfahren, danken es diesem rätselvollen Mann, daß er das bleibende Bild der Stadt so glücklich gestaltete.

Wir Älteren denken noch der Jahre unserer Jugend nach dem großen Krieg, der uns alle hungrig zurückgelassen hatte, leiblich und seelisch. Männer traten auf, die uns begeisterten, entschlußfreudige, weitblickende Menschen, Dichter und Maler, Schauspieler und Musiker. Freilich hatte selbst ein Reinhardt, ein Hofmannsthal gegen Trägheit und Vorurteil zu kämpfen, der Einzige ist man eben nur in der Menge. Die Heutigen begreifen kaum noch, was für ein Wagnis es war, welch ein kühnes Unterfangen, die Stadt selbst zur Bühne zu machen, nicht zu einer Schaubühne schlechthin, auf der ein Spiel so gut wie das andere vonstatten gehen konnte, sondern gleichsam zur Schicksalsbühne, auf der wir alle stehen, um unsere Rollen herzusagen. Manche Kritiker meinen ja, diese vierschrötig gereimte Geschichte von der Himmelfahrt eines Materialisten wirke nicht mehr glaubwürdig, die Managerkrankheit sei zwar Jedermanns Sorge mehr denn je, aber längst nicht mehr ein Anlaß für religiöse Läuterung. Es mag zutreffen, daß „Jedermann" nicht zu den vollkommensten unter Hofmannsthals Werken zählt. Aber immer ist an einer Leistung das ehrwürdig, was daran fehlt. So gesehen, ist das Brettergerüst vor dem Salzburger Dom eine Barrikade gegen den Ansturm der entseelten, der ehrfurchtlosen Perfektion. Denn das Menschenwesen ist unvergänglich, weil es unzulänglich ist. Jeder Einzelne aus der unabsehbaren Schar der Gäste wird zum Schauspieler, ohne es zu ahnen, zum homo ludens, besser gesagt, auf den Plätzen und in den Gassen der Stadt, während die Glocken auf den Türmen dröhnen und die Stimmen nach ihm rufen.

Nicht daß der Regenschirm das Wappenzeichen unserer Stadt wäre – immerhin muß man zugeben, daß es gern in Salzburg regnet, keinesfalls mehr als anderswo, aber öfter. Wenn plötzlich die dicken Regenschnüre aus den Wolken fallen, mit Hilfe der österreichischen Zaubersilbe „erl“ in einen schon viel freundlicheren Schnürlregen verwandelt, dann hat man seine Not mit den Gästen. Nach allem, was ihnen die Reklame verheißen hat, kommen sie ja in eine Stadt von beinahe italienischem Charakter, von südlicher Lebensfreude, und dazu gehört vor allem ein blauer Himmel. Es ist kein rechter Trost, daß sich schlechtes Wetter wie die meisten Übel von selber bessert, wenn man es nicht beachtet. Man kann fürs erste die Sehenswürdigkeiten aufsuchen, soweit sie unter Dach anzutreffen sind, Mozarts Siebensachen in seinem Geburtshaus etwa, oder Raphael Donners Marmorstiege im Schloß Mirabell, die er allerdings nicht für den Weg zum Standesamt so kinderreich gestaltet hat, und wenn man endlich noch die Prunksäle der Residenz überstehen konnte, scheint in der Regel die barmherzige Sonne wieder. Dann tut man gut, nicht in ein Automobil zu kriechen, sondern eine Kutsche zu besteigen und so die Menschenwürde wieder herzustellen. Wagen, Kutscher und Schimmel ergeben zusammen einen Fiaker, und das Ziel der Reise ist gewöhnlich Hellbrunn. Dieses Kleinod muß man vor dem Besuch ein wenig preisen, es ist schwierig, das ohne Überschwang zu tun. Natürlich wird man zunächst die Wasserspiele besuchen. Es gibt da neben allerlei kindlicher Kurzweil auch einen Tisch mit steinernen Sitzen in der Runde. Hier ließ der Fürst oft sein Gefolge Platz nehmen. Sicher wußten die Gäste, daß sie auf Springbrunnen saßen, aber vielleicht ahnten sie nicht, daß der Gastgeber vorhatte, jene, die einen Spaß verstanden, von den anderen zu unterscheiden, die sich nur jeden gefallen ließen. Wenn auch der Besuch diese Prüfung bestanden hat, kann man ihm getrost den Park zeigen, die Fülle der Blumen, pfeilgeschwinde Forellen, eine feierliche Allee von Baumpatriarchen, und plötzlich einen Blick auf die Stadt in der rauchigen Ferne, mit dem Kronreif der Festung geschmückt.

Jemand hat gesagt, Salzburg sei „die Stadt, in der man so leben kann, wie man leben würde, *wenn* man so leben könnte". Und das muß wahr sein, denn ich bin kaum einmal auf Reisen einem Menschen begegnet, dessen Miene sich nicht sogleich erhellte, von einem Lächeln der Erinnerung oder der Erwartung, wenn ich ihm einbekannte, woher ich kam. Ich selber finde ja immer meinen Trost, so oft ich mit einem Herzen voll Unruhe die vertrauten Wege suche und über Plätze und Türme hinschaue, über die geliebte Stadt. So wie ich sie dann vor mir liegen sehe, mit all ihren Heimlichkeiten, von denen ich heimlich weiß, gleicht sie doch wieder einer

Unschuld vom Lande, einer jener bäurischen Schönheiten sozusagen, die mit unbekümmerter Natürlichkeit zeigen, was sie zu zeigen haben, und die eben damit zuweilen vor den Augen hoher Herren Gnade finden. Diese Herren ließen sich dann auch wahrhaftig nicht lumpen die Jahrhunderte herauf. Sie suchten ihren Ruhm in der Schönheit ihrer Stadt und taten ihr dennoch nie Gewalt an. Sie selber aber, zu fürstlichen Ehren erhoben, wußte den herrschaftlichen Prunk mit gleichem Anstand zu zeigen wie ihre eingeborene Anmut.

Nun, auch der Glanz weltlicher Herrschaft ist vergänglich, die einst so hoch angesehene Residenz war um die Wende zum neuen Jahrhundert nicht mehr als ein verschlafenes Städtchen mitten im Bauernland. Reisende klagen, daß viele der prächtigen Gebäude leer stünden und daß Gras auf den weiten Plätzen wüchse. Aber vielleicht weckte eben die Stille das eigentliche Wesen der Stadt wieder auf, in dieser Stille wurde die Stimme Mozarts vernehmbar. Sie drang weiter als die der Macht, und sie wird nie mehr verstummen.

Die einzige, für den fremden Gast unzugängliche Sehenswürdigkeit in unserer Stadt sind wir Salzburger selbst, die Salzbürger, wie uns Pallenberg einmal hinterhältig nannte. Wir sind harmlose Leute, aber doch auch wieder schlau genug, zu wissen, daß Charme eine seltsame Ware ist, die sich am besten verkaufen läßt, indem man sie selber behält. Das was in Salzburg einen Gemsbart auf dem Strohhut und gestickte Lederhosen trägt, das sind wir nicht. Im Sommer, wenn der Gästestrom die engen Straßen überflutet, werden wir gewissermaßen heimatlos, scheue Dazwischenwesen. Nur an drei Orten genießen wir immer Asylrecht: Im Biergarten, um zu lamentieren, in der Weinstube, um zu meditieren, und im Kaffeehaus, um zu debattieren. Das sind Daseinsformen und Lebensäußerungen, die vielleicht überhaupt unser Wesen bestimmen. Im Biergarten ist der Salzburger sein eigener Wirt. Was er verzehren will, kredenzt er sich selber aus der Tasche, den vollen Steinkrug holt er mit souveräner Würde an den Tisch, ehe er, voll des Behagens, anhebt, die Übel dieser Welt im Chor der Nachbarn zu beklagen. Anders beim Wein. Dort umgibt ihn Kellerluft und Faßgeruch, ein schweigsamer Mensch schaut vor sich in das Glas, bis der fremde Gott ihn allmählich von seinen Sorgen befreit und eine milde Heiterkeit in sein Herz gießt. Das Kaffeehaus endlich kann dem Bürger zur wahren Heimstatt werden. Es würde ihm den Tag vergrämen, wenn er morgens seinen Tisch besetzt fände, den er irgendwann einmal als Stammgast erworben hat. Damals nahm ihn der Oberkellner fürs Leben in Obhut, und er suchte auch gleich einen passenden Titel für den Neuen. Nicht was er wirklich ist, entschied die Wahl, sondern was er sein konnte, nach Aussehen und Gemütsart.

Im übrigen leben wir Salzburger natürlich wie andere Leute auch, fleißig in der Werkstatt, umsichtig in Geschäften. Aber im Grunde ist ja keiner glücklich durch die Vorzüge, die man ihm nachrühmt, sondern durch die Fehler, die man ihm zu haben erlaubt.

Einmal, als junger Mensch, hatte ich ein seltsames Erlebnis, das lang in mir nachwirkte, eigentlich bis auf den heutigen Tag. Ich war durch das Tor des Salzburger Domes getreten, nicht aus übergroßer Frömmigkeit, wie ich eingestehen muß, sondern weil ich nirgend sonst einen Unterschlupf finden konnte, um ungestört einen Wecken Brot zu verzehren, den mir eine gute Seele geschenkt hatte. Nun hockte ich also, ein wenig ängstlich, aber zufrieden und ganz allein in dem ungeheuren Gewölbe gleich einer verschreckten Kirchenmaus, und da brach plötzlich Musik über mich herein, eine betäubende Flut von Klängen irgendwoher aus der Höhe. Ein fremder Meister mochte wohl seine Kunst auf der großen Orgel versuchen, ich wußte das nicht. Mir war, als riefe mich Gott selber an, zornig vielleicht, weil ich sein Haus mißachtet hatte, oder auch liebevoll. Wer kann ahnen, von welchen Maßen Gottes Liebe ist, er bewegt ja auch die Gestirne damit. Ebenso plötzlich, wie sie aufklangen, verstummten die Akkorde wieder, eine beklemmende Stille kehrte zurück und mich überkam ein bitteres Gefühl von großer Verlassenheit. Der Herr war fortgegangen, ich weiß es nicht besser zu sagen.
Später hörte ich noch oft die Meister musizieren, in den Kirchen, in Konzertsälen oder im Hof der Residenz beim Schein der Windlichter. Hier in Salzburg ist die Musik ja wieder das, was sie anfangs war, eine sakrale Kunst. Aber eines habe ich nie mehr so eindringlich erfahren wie damals auf dieser harten Betbank im Dom: daß Gott uns verläßt, wenn er uns sucht.

GELIEBTES LAND

Wenn ein verlassener und heimatloser Mensch irgendwo in der weiten Welt sich in seinen Träumen ausmalen würde, wie das Land wohl beschaffen sein müßte, in dem er seßhaft und glücklich behaust leben möchte, dann dächte er gewiß nicht an unabsehbare Ebenen und gewaltige Ströme, an wegloses Gebirge und wilden Wald, sondern ein kleines Ländchen läge in seinem Sinn. Er fände es gut, wenn die Grenzen eine einfache Gestalt umschlössen, ein Dreieck etwa, das machte dem Schaffen Mut und dem Übermut zu schaffen. Eine Seite sollte sich an verläßliche Berge lehnen, am besten im Süden, für den Fall, daß diesen Menschen doch wieder die alte Unrast überkäme. Aber die anderen Seiten müßten offenbleiben, man will ja auch einmal ein verständiges Wort mit den Nachbarn reden und zusehen, wie sie es treiben.

Mitten durch das ganze Ländchen und einmal um die Ecke grübe ein Flüßchen sein Bett, auch kein großartiges Gewässer, Schiffe brauchte es nicht zu tragen. Es wäre genug, wenn es die schnellen Bäche aus den Tälern aufsammeln könnte und allen Unrat, den das Menschenvolk hinter sich läßt. Irgendwo im Hügelland lägen natürlich auch Seen, freundlich anzuschauen, dazwischen aber unerschöpflich fruchtbarer Boden für die reichen Bauern in ihren Dörfern und Gehöften. Das wäre das Beste von allem: fruchtbares Land. Denn dieser träumende Mann hat ja viel gesehen auf seiner Wanderschaft. Als einer unter Tausenden hat er Dämme gebaut, um Täler zu ersäufen, er hat in Fabriken gearbeitet und unentbehrliche Dinge erzeugt, in der Hauptsache freilich Rauch und Gestank. Das tat er für seinen Lohn, davon meinte er zu leben, aber es war nicht so. In Wahrheit ernährte ihn der Acker Gottweißwo, den die geduldige Einfalt noch immer für ihn pflügte. Aber genug von diesem Menschen, ich kenne ihn ja gut, denn ich bin er selber. Auch sein Wunschland kenne ich, es ist meine Heimat Salzburg, und ich hätte nie von ihr zu träumen zu brauchen, wenn ich sie nie verlassen hätte. Sie ist wirklich ein kleines Ländchen, ein winziges Dreieck auf der Weltkarte. Anderswo wäre es nichts als steinige Wüste oder Urwald oder eintöniges Wasser. Aber welch eine glückliche Fülle auf diesem Fleck Erde, nichts darin, was ich gegen etwas Besseres tauschen möchte! Mir ist er auch groß genug, schon auf Kindesbeinen habe ich ihn durchwandert. Fünf Gaue hat das Land von alters her, damit jeder an den Fingern seiner Hand ausrechnen kann, wohin er gehört. Da ist der Lungau, der kleine Finger, zierlich weggespreizt, dann der Pongau, der Ringfinger mit dem kostbaren Reifen aus Gold, der Pinzgau als der mittlere und kräftigste, der Tennengau mit dem Vorwitz des Zeigefingers, und endlich der Daumen, der allein steht und die Hand regiert. Irgendwann einmal mag ein reisender Kaufmann einen neuen Namen für das Ganze erfunden haben, er dachte wohl an das Salz, mit dem er einträglich handelte, und an die Burg;

denn dort saß der Herr, der ihm Kaufschilling und Zölle abnötigte. Diese Fürsten der Reihe nach unterstanden wiederum nur dem lieben Gott als einem langmütigen Lehnsherrn, der ihnen sein Salz und sein Gold überließ und nur dann und wann die Hand darüberhielt, wenn neidische Nachbarn zu begehrlich wurden. Sonst hatten die Bischöfe landeinwärts nicht viel mehr als einen großen Haufen hartköpfiger und eigenwilliger Bauern hinter sich, Hörige, die in der kaum zugänglichen Einschicht saßen und ihrem mühsamen Tagwerk nachgingen. Von ihnen meldete die Geschichte wenig, selbst ihre Namen wären verschollen, wenn nicht die Urenkel noch immer so hießen, Brandstätter oder Schattberger. Auch unter meinen Ahnen kann ich hinter dem Großvater nur noch einen einzigen nachweisen, weil ein fleißiger Mönch auf Pergament vermerkte, daß ein Chunrad meines Namens seinen Zehnten abgeliefert hat. Das erfüllt mich mit Stolz, denn ich wäre arg in Verlegenheit, wenn etwa mein Landesherr auch von mir einen halben Käse und eine Henne fordern würde.
Es ist wohl so, daß der Mensch überall das gleiche langsame und bedächtige Wesen zeigt, wo er den großen Dingen der Natur gegenübersteht, dem Meer, den Ebenen, dem Gebirge. Deshalb wohnen, im Ganzen betrachtet, recht friedfertige Leute in unseren Gauen, aber ein wenig fremdes Blut mischt sich auch hinein und läßt sie heiter mit dem Leben auskommen. Manchmal freilich wurde dieses gefügige Volk plötzlich rebellisch. Dann nahmen die Bauern ihre Sensen und Dreschflegel auf

die Schulter, sie schmiedeten Eisenbänder um Brunnenröhren, luden sie mit Pulver und schossen ihrem Fürsten Steinkugeln in die Fenster. Ein anderesmal wehte der aufrührerische Wind von draußen herein, neue Ideen nisteten in den frommen Gemütern und waren weder im Guten noch im Bösen wieder herauszutreiben. Eher verließen die Leute ihre angestammte Heimat und zogen in die ungewisse Fremde. Denn der Glaube hat von jeher das Beste unter den Bergen begraben, die er versetzte.

Nur das Land selbst ist unwandelbar für menschliches Maß. Oft wenn ich im Garten stehe und in das Tal hinausschaue, dann überkommt mich ein tröstliches Gefühl von sorgloser Geborgenheit, ich bin meiner selbst sicher und auch der Dinge um mich her. Ich sehe die abendblauen Leiber der Berge in der Runde, immer wieder fand ich sie so, wenn ich heimkehrte.

Mache ich mich etwa lächerlich mit meiner Rührseligkeit? Gehöre ich nicht einem Geschlecht an, das sogar fähig ist, ein Schrecken für das gesamte Universum zu werden?

Aber ich greife nicht nach den Sternen, dort ist das Ende der Dinge. Ich bleibe auf dem festen Boden, dort ist der Anfang.

Mein Dorf hat an Merkwürdigkeiten nicht viel mehr als das Grab eines Pfarrers namens Mohr vorzuweisen, der in der besten Stunde seines nicht eben freudvollen Daseins jenes unsterbliche Lied von der stillen, heiligen Nacht geschaffen hat. Mich selber zählt man eher zu den Abnormitäten. Manchmal, wenn mich Besucher in meinem Gehäuse überraschen möchten, komme ich ihnen listig entgegen und lasse mich über Land entführen. Sie versprechen sich wahrscheinlich viel von einem Begleiter, der ihnen alles Sehenswerte poetisch ausdeuten kann. Aber mir liegt schändlicherweise etwas anderes im Sinn, ein entlegenes Wirtshaus zum Beispiel, das einmal durch seinen Rotwein und eine schöne Kellnerin berühmt war. Die neunzig Pferde vor unserer Karosse können mich nicht schrecken, sie fallen bald in einen gemächlichen Trab. Denn unsere weise Obrigkeit baut die Straßen ja nicht auf Vorrat, sondern erst dann, wenn man sie brauchen würde. Also habe ich Muße, zu überlegen, womit ich die Gastgeber auf dem Weg zu meinem heimlichen Ziel unterhalten könnte. Da wäre die Liechtensteinklamm in der Nähe, ein Naturwunder, und nur insofern lästig, als sie zu Fuß betrachtet werden will. Es gibt da himmelhohe Wände, stäubende Wasserfälle und in der Tiefe wieder den harmlos murmelnden Bach, der sich diesen Titanenpfad durch das Gestein grub – offenbar war auch das Wasser früher fleißiger als heutzutage. Schweigsam und ein wenig fröstelnd lassen wir hinterher unsere Pferde schneller laufen, wir fahren südwärts nach Gastein. Dort, sozusagen im Dampf der heißen Quellen, bin ich zur Welt gekommen. Damals war das Bad wirklich noch wild und bärtig von lauter Wald. Viel brüchiges Leben zieht an uns vorbei, während wir auf einer Bank an der Promenade rasten, es ist noch dieselbe Bank, die ich einst mit meinem Hosenboden für den rumänischen König abstaubte, er hat mir eine Silberkrone dafür bezahlt. Weiter hinten im Tal, auf dem Radhausberg, arbeitete mein Vater als Zimmermann im Goldbergwerk. An einem Sonnabend lief er drei Stunden weit ins Tal herunter zu meiner, damals bräutlichen Mutter, nur um ihr zu sagen, daß er diesmal leider nicht kommen könne. So verläßlich ist die Liebe im Salzburger Land!

Es ist noch immer früh am Tage, Zeit genug, dem Himmel näher zu kommen und über den Großglockner zu fahren oder Zell am See zu besuchen, ein altes Städtchen an einem stillen Gewässer, in dem sich die weißhäuptigen Berge spiegeln – alles ist eitel. Aber schließlich geraten wir doch in den gewissen Wirtsgarten, in solchen Dingen bin ich hartnäckig. Dieses Haus ist eine jener stattlichen Herbergen, in denen früher die Schwerfuhrwerke auf dem Weg über die Pässe nächtigten. Die Frächter rumpelten vierspännig durch das breite Tor und über den Flur bis zu den Ställen, starke Planwagen, mit Südwein beladen, mit Gewürzen und toskanischer Seide, prächtige Rösser voran, funkelnd in ihrem mit Messing beschlagenen Geschirr. Nachher saßen die Fuhrleute in der Stube beisammen. Spielleute liefen ihnen zu, und weit herum bei den Bauern steckten die Mägde ihre Röcke auf und kamen zum Tanz. Das alles ist vorbei, nur der rückständige Hufschmied hat noch seine Werkstatt nebenan. Ein wenig verlegen halte ich den Blicken meiner Gefährten stand, nein, nichts weiter, nur das Gesumme in den Lindenkronen, langsam tropfendes Leben, und die Kellnerin ist auch schon lang nicht mehr schön. Immerhin, sie kennt mich noch, sie bringt mir die Gitarre, und dann versuchen wir ein paar von unseren alten Liedern, die mich immer noch zu Tränen rühren. Es klingt gar nicht übel zusammen, sogar der Herr der neunzig Pferde mischt verwegen seinen Tenor hinein. War ich etwa doch kein schlechter Anwalt für mein geliebtes Land?

Ein gelehrter Mann bewies mir einmal bei einer guten Flasche Wein mit zwingenden Gründen, daß unsere Heuschuppen genau die Maße und Verhältnisse der dorischen Tempel aufwiesen. Nun, ich setze ja alles Vertrauen in die geisterhellende Wirkung unseres Weines sowohl wie der griechischen Baukunst, aber es würde mich doch wundern, wenn je unsere Zimmerleute bis nach Selinunt gewandert wären, um dort in die Lehre zu gehen.

Immerhin betrachte ich seither solch einen Heustadel mit anderen Augen, nicht eben mit ehrfürchtigen, aber mit beglückten, wie sonst ein Ding, das ohne Zierat und Aufwand einfach schön ist. Woran liegt es wohl, daß sogar der eilige Reisende unserer Tage mitunter auf die Bremse tritt und eine kostbare Minute seines Lebens opfert, nur, um ein altes Wirtshaus irgendwo im Pinzgau zu betrachten, ein wetterbraunes Gehöft im Gasteiner Tal oder ein Heiligtum an der Straße, draußen im Vorland? Es gäbe ja genug zu sehen, was ihm näher läge, Wunder der Technik, Staudämme und was wir sonst der Langmut Gottes abfordern, neuartige Kirchen sogar, die dem Zeitgenossen vertraut sein müßten, weil sie wie religiöse

Selbstbedienungsläden aussehen. Vielleicht ist es so, daß jener Pinzgauer Maurermeister gar nicht an etwas Zeitgemäßes dachte, und daß ihm deshalb etwas Zeitloses geriet. Das Metaphysische hinter seinem Gemäuer beschäftigte ihn wenig, die irrationale Funktion, er war auch kein Architekt, der fürchten mußte, die anderen Architekten könnten ihn verdächtigen, daß ihm nichts Neues eingefallen sei. Also hielt sich der Meister ohne Künstelei an die hergebrachte Form, aber nebenbei vergnügte er sich mit kleinen Späßen; er gab den Kanten eine wohlige Rundung, die Wände mußten nicht durchaus in Lot und Winkel stehen, sie durften auch einmal ein Bäuchlein vorschieben, und am Ende hatte das Ganze Gestalt und Gesicht. Anders gesagt, die Alten verwechselten nicht so leichtfertig wie wir den Zweck einer Sache mit ihrem Sinn. Solch ein Haus wurde nicht gebaut, damit irgendwer für seine Lebzeit hineinschlöffe wie der Einsiedlerkrebs in das nächstbeste Schneckengehäuse, sondern es war der Ort, wo viele nacheinander geboren werden und sterben konnten. So verhält es sich ja auch mit dem neuartigen Sessel aus Stahlrohr, den ich mir unlängst aufschwatzen ließ. Kein Zweifel, ich saß darin bequem, aber kein zweitesmal. Jetzt schiebe ich dieses Gestell überheblichen Besuchern zu, weil sich keiner niederlassen und wieder erheben kann, ohne seine Würde dabei einzubüßen.

Zugegeben: die schlimmsten Vorurteile sind die Nachurteile. Aber ich bin ja kein weltfremder Schwärmer, jeder willige Mensch wird mich verstehen. Ich finde mich, wie er auch, in dieser lärmigen Welt gut zurecht. Mit Zuversicht beobachte ich das unablässige Streben der Wissenschaft nach letzten Erkenntnissen, obwohl ich heimlich bezweifle, daß die Wahrheit darauf angewiesen ist, von uns entdeckt zu werden. Und was die Techniker betrifft, so höre ich mit Erregung, daß sie es künftig nicht mehr den Lyrikern überlassen wollen, den Abendstern zu belästigen. Genug, der Kopf ist beschäftigt, aber mein beklommenes Herz will davon nicht fröhlicher werden. Ich muß es wieder einmal vom Schreibtisch weg in den Garten führen, es ist leider ein recht einfältiges Herz. Manchmal geht wohl auch ein fremder Mensch vorbei, ein Sommergast. Ich bitte ihn zu mir herein auf die Bank im Schatten meiner Esche. Wir sehen das Tal zwischen den waldigen Kuppen, die ernsten Berge dahinter. Ich nenne dem Gefährten ihre Namen, aber so weit schweifen seine Gedanken nicht mehr. Hier ist gut sein, sagt er dazwischen. Nun, sage ich, das gelobte Land ist es wohl nicht, aber das geliebte.

Nachwort

Wenn Waggerl in seiner unnachahmlichen Art über Salzburg schreibt, wird dem Leser sehr bald klar, was die Titelzeile „Klang einer Stadt“ bedeutet. Alles fügt sich zusammen: Die alten Mauern als Zeichen einer längst vergangenen Zeit, die hier weiterbesteht, die Musik Mozarts, als Botschaft der Schönheit – heute so unerreicht wie einst, Salzburg als Bühne der Kunst und der menschlichen Eitelkeiten – selbst der Mond spielt anstandslos seinen Part am Himmel über der Stadt.

Getragen werden die „Erzählungen über Salzburg“, wie das gesamte Werk Waggerls überhaupt, vom immer wieder überwältigenden Klang seiner Sprache. Gewürzt mit einer gehörigen Portion Humor, der mitunter durchaus sarkastische Formen annehmen kann, ist das vorliegende Buch für Einheimische wie Touristen gleichermaßen ein idealer Begleiter durch Stadt und Land Salzburg.

Denn auch das „Geliebte Land“ kommt in den Erzählungen nicht zu kurz: Kaum jemand weiß so treffend, bildreich und zugleich unterhaltend Landschaft, Natur oder Bevölkerung zu beschreiben wie Waggerl. Da wird ein aufziehendes Gewitter zum spannenden Krimi, ein einfacher Bergbauer zum Philosophen, und selbst in eine Sommerwiese vermag Waggerl Gedanken von bleibendem Wert zu „verpacken“.

Illustriert wurden die „Salzburger Erzählungen“ mit Aquarellen des Dichters, um das Bild abzurunden.

Es erübrigt sich wohl, zu erwähnen, daß „Geliebtes Land“ genau wie die bereits erschienenen Waggerlbücher derselben Reihe („Sämtliche Weihnachtserzählungen“, „Und er sah das Grün der Erde“, „Liebe Dinge“, „Mein Garten“, „Aphorismen“) ein ideales Geschenk für Freunde des Schönen darstellt.

Lacerta Santorricelli